O QUARTO VAZIO

O quarto vazio

Tordesilhas é um selo da Alaúde Editora Ltda, empresa do Grupo Editorial Alta Books (Starlin Alta Editora e Consultoria LTDA)

ISBN: 978-65-5568-228-1

Impresso no Brasil — 1ª Edição, 2024 — Edição revisada conforme o Acordo Ortográfico da Língua Portuguesa de 2009.

Dados Internacionais de Catalogação na Publicação (CIP)
(Câmara Brasileira do Livro, SP, Brasil)

Sotuela, Lur
O quarto vazio / Lur Sotuela. -- 1. ed. --
Rio de Janeiro : Tordesilhas, 2024.

ISBN 978-65-5568-228-1

1. Ficção espanhola I. Título.

24-200436 CDD-863

Índices para catálogo sistemático:

1. Ficção : Literatura espanhola 863

Tábata Alves da Silva - Bibliotecária - CRB-8/9253

Produção Editorial: Grupo Editorial Alta Books
Diretor Editorial: Anderson Vieira
Editor da obra: Rodrigo de Faria e Silva
Vendas Governamentais: Cristiane Mutüs
Gerência Comercial: Claudio Lima
Gerência Marketing: Andréa Guatiello

Produtora Editorial: Caroline David
Tradução: Edmar Alexandre
Copidesque: Vera Moraes
Revisão: Luíza Thomaz
Diagramação: Joyce Matos
Projeto Gráfico & Capa: Marcelli Ferreira

ALTA BOOKS
GRUPO EDITORIAL

Rua Viúva Cláudio, 291 — Bairro Industrial do Jacaré
CEP: 20.970-031 — Rio de Janeiro (RJ)
Tels.: (21) 3278-8069 / 3278-8419
www.altabooks.com.br — altabooks@altabooks.com.br
Ouvidoria: ouvidoria@altabooks.com.br

Editora
afiliada à:

LUR SOTUELA

Autor de *Escrita maldita*

O QUARTO VAZIO

TORDSILHAS
Rio de Janeiro, 2024

A LOS QUERIDOS LECTORES
DE TORDESILLAS, ESTE
LIBRO QUEMA, ESCONDE
MUCHO MÁS DE LO QUE MUESTRA
PERO ESTOY SEGURO QUE
NO DEJARÁ VUESTRA LECTURA
VACÍA.

—

SUMÁRIO

2 A porta

6 Mirau

30 Clara

42 O museu

56 A biblioteca

74 A espuma

80 O livro

84 O quarto vazio

102 O eco

108 Um canto do labirinto

116 O quarto de Clovis

124 A névoa e as memórias

130 Morte e sono

DEDICATÓRIA

Para Irati e Eder,

sem os quais meu quarto fica vazio.

A PORTA

Na noite em que matei Harry Hansen, tudo desabou: o mundo, o universo, a minha vida. Tudo se desfez em milhares, milhões de pedaços. O espelho, a ilha, o momento, este maldito labirinto, tudo se desfez. Desfizeram-se as ideias, as convicções, o que no fundo eu era, as horas perdidas, os minutos de espera, as despedidas e as palavras sussurradas na madrugada de qualquer noite. Desfizeram-se as memórias perdidas, o esquecimento de quem somos, a memória de quem almejávamos ser. Desfizeram-se os invernos e os dias, a medida íntima das coisas, a fissura na realidade aparecendo, como este labirinto sonhando suas formas, tudo o que não entendemos: o amor, as relações humanas, a comédia, o medo, a tragédia, a inveja, o pavor, o ódio. Desfizeram-se os sonhos que ocultei até de mim durante a vida; as ansiedades e as alegrias, os desejos e os medos. Tudo o que era, o que havia sido, o que seria, tudo se desfez para desaparecer, para imaginar o mais profundo nada, até que fiquei sozinho, completamente sozinho e vazio.

Quem era o homem que matei? Quem havia sido? Aquele ser humano era um mistério que nunca poderei decifrar, que realmente não quero desvendar.

Ali, diante do corpo sem vida do maldito Hansen, naquele momento, lembrei da minha existência, tracei caminhos no esquecimento, lembrei de gargalhar alguma vez, lembrei das minhas mãos colhendo uma fruta verde de uma árvore, e da minha infância; lembrei do meu quarto de garoto: das paredes, dos brinquedos, do cheiro do silêncio e da primeira solidão. Lembrei também do medo vivenciado na noite monótona. Ali, entre os cobertores, alerta, como se já esperasse o monstro sem forma que chegaria após tantos anos. Aquela criatura terrível que tinha meu rosto, meu olhar e que devoraria tudo o que houvesse, até sair daquele quarto, de todos os quartos da minha vida; cheios de nada. A vida pode ser simples; é simples, agora eu sei. O complexo, o impossível, o que não pode ser explicado, não é o começo, tampouco o fim do que chamamos de existência. Sei também que ali, naquela noite, momentos antes de acontecer, eu me abandonei, me esvaziei, mergulhei na beleza impura do nada e descobri, apavorado, que a palavra e a pergunta nunca fizeram parte da mesma substância. Estive equivocado a vida toda. Todos estivemos. Autêntica e terrivelmente equivocados, caminhando pela doçura da perda. Toda a humanidade, toda a espécie.

Aqui, agora, ou ainda estou lá, naquele momento? Não sei. Ali, naquele jardim, naquela noite que acariciava o amanhecer. A textura do ar me envolve como um doce amargo, e penso repetidas vezes em que lugar miserável todos os meus momentos se encerram. O olhar verde, o silêncio, a noite, e então ele, sussurrando aquelas palavras de fogo como um vulcão escuro:

— O quarto está vazio, sempre esteve, sempre estará.

Tanto horror, tanta vida! Meu quarto de garoto submergindo no lodo mais sinistro. Minha existência, meus gostos, meus hábitos se transformando num abismo. Todo o horror do mundo se reuniu naquele momento.

— Droga, não pode ser! — gritei. — Não pode ser!

E tudo se tornou um túnel, uma caverna, aquele quarto primitivo onde os primeiros seres humanos nomearam as coisas pela primeira vez.

Lá, seus olhos tão nus, tão profundos, tão vazios, seus malditos olhos, e depois sua voz: *Sabe disso, senhor Bowen, sempre soube. É por isso que está aqui, é por isso que veio me matar; é por isso que a faca brilha escura e íntima. É por isso que tudo finalmente faz sentido...*

Ai! Droga! Tanto horror para uma criatura tão pequena. Devo ser honesto pelo menos uma vez nesta vida. Esvazie o pouco que resta; quebre-me como a garrafa contra a parede, como a rocha contra a espuma. Com estas palavras, termina a minha vida; além destas linhas, começa o nada, ali me aguardam as extensões vazias do abismo e a única saída que existe para este labirinto íntimo. Abandonarei a poesia, a expressividade mais humana, o sonho, jogarei a minha vida pelas janelas do tempo, pois decidi contar o que fui, o que almejava ser, tudo o que aconteceu desde o começo, antes de matar Harry Hansen, antes mesmo de conhecê-lo e inevitavelmente saber qual era a única solução. As angústias, os sonhos, as razões vitais se uniram, tudo convergiu naquele momento atroz e ímpio. Agora tudo é aquele momento desocupado e tolo em que, indolente, habito, um relâmpago que se apaga, buscando desesperadamente o seu fim.

Vamos começar. Devo fazê-lo. Há muito tempo, quando eu era outra pessoa, quando eu era homem, muitas coisas aconteceram, mas, sem saber como algo sem fim pode começar, começarei meu relato assim.

MIRAU

Acordei assustado com a rapidez da turbulência. Fugindo do meu reflexo, olhei pela janela. O mundo estava ali, no centro da noite infinita, batendo como um coração negro e acelerado, e a cada contração do seu interior escuro se derramavam sonhos e palavras, filhos, pais, civilizações, cafés com leite, pistas de pouso, luzes que destacavam a cidade, vidas solitárias de homens e mulheres desejando amar, esquecer a solidão que tudo move e esmaga; e, ali, alçando-me na intimidade daquela imensa deriva, no pequeno avião que me transportara à ilha, estava eu, Markus Molema, espiando pela janela, sentindo no meu olhar sonolento, na escuridão da cabana, o abraço quente e pegajoso da noite úmida. Viramos de repente e mergulhamos ainda mais fundo na escuridão. O táxi-aéreo começou a tremer como se quisesse se transformar em outro objeto. Uma metamorfose de pássaro em ferro informe, de homem em polpa. Num escorço impossível, pude ver como as luzes da ilha se aproximavam. Faróis brilhantes se acercavam perigosamente. Senti que caíamos, que tudo aquilo era um pouso de emergência. Fechei os olhos com força enquanto o chão se aproximava rapidamente. A realidade vibrou, vestiu-se como se fosse romper. Respirei aliviado quando as rodas do avião acariciaram o solo da ilha com abrupta ternura.

Respirei fundo por alguns minutos. Na minha mente tracei a cartografia daquela viagem estranha. O pequeno arquipélago de Mirau fica no meio do Atlântico, a alguns milhares de quilômetros dos Açores. Daquele grupo, formado por sete pequenos ilhéus, apenas um, o maior e menos abrupto, permite que alguns seres humanos o habitem. Era nesta ilha, que os nativos chamam de "a ilha sem tempo" — geograficamente conhecida como Albatroz, assim chamada por sua orografia, semelhante à silhueta da ave marinha homônima —, que eu me encontrava. Segundo havia apurado, a população era muito pequena, pouco mais de três mil habitantes, que aumentava um pouco graças aos turistas durante o verão. As formas de acesso àquela parte remota do globo eram muito limitadas. Três voos semanais num pequeno avião que chega, num esforço titânico e certamente incrível, de Lisboa; aos quais devemos acrescentar o avião de correio e o escuro e velho navio de bandeira britânica *The wind message*, algo como "A mensagem do vento", que abastece a ilha semanalmente. Esse navio de média tonelagem acaricia a costa do arquipélago todas as terças-feiras, proporcionando aos seus habitantes o que necessitam, que é quase tudo, já que na ilha há apenas alguns coqueiros e centenas de milhões de pedras vulcânicas enegrecidas, gastas pelo tempo. A chegada do serviço semanal provoca um frenesi no cais entorpecido pela inatividade, e a pequena cidade costeira fervilha por algumas horas entre a excitação e um leve tom de melancolia. *The wind message* percorre incansável os caminhos invisíveis do mar há demasiadas décadas, visitando diligentemente a Ilha Albatroz.

Existe um ditado popular que diz que se você acha difícil chegar à ilha, verá como é difícil fugir dela. Tal axioma aponta, além das complexas conexões de transporte, o encanto que a ilha gera nos visitantes: uma espécie de feitiço. Conta-se que muitos dos que ali vivem chegaram para passar pouco tempo, uns dias de folga, mas foram surpreendidos pelo feitiço da *ilha sem tempo* e, apesar da intenção de partir, inevitavelmente ficaram ali.

Ao pousar, um suspiro escapou dos meus lábios. Sinto medo de voar e costumo superá-lo com três gins-tônicas e alguns calmantes. A turbulência e o nervosismo pelo que havia ido fazer naquele local me acordaram, quando o habitual era ser sacudido, já em solo, por alguma aeromoça simpática. Pude avistar alguns pequenos aviões particulares e uma chuva leve esboçando a pista do aeroporto. Éramos oito pessoas viajando no bimotor, além da tripulação composta por dois pilotos e dois comissários de bordo, dos quais podemos destacar, pela má aparência que apresentava, a comissária loira, que, além de vesga, gaguejava um pouco, e parecia ter uma onda de azar pairando sobre si. Naquela viagem a evitou, mas em seus olhos dava para ver que um dia o infortúnio a alcançaria. Nós, passageiros, saímos do avião em silêncio, descemos uma escada portátil e seguimos correndo sob a chuva por cem metros até o único prédio, que tinha uma pequena torre de controle no centro.

O aeroporto era muito pequeno. Poderia ser a sala de estar de um dentista californiano. Algumas fotografias aéreas da ilha em preto e branco desbotado adornavam as paredes. Poltronas bambas estavam espalhadas pelo saguão, como se uns bêbados gordos tivessem desabado, devido a uma tremenda bebedeira, em algum lugar do recinto. Quatro policiais sorridentes, com ínfimo interesse nos poucos passageiros recém-chegados, observavam-nos passar, conversando animadamente num canto. A umidade da chuva parecia se infiltrar como a luz por baixo da porta numa noite da infância e atingir os corpos dando as boas-vindas à ilha. Alguém do hotel — esse *alguém* me deixou curioso — iria me buscar no aeroporto quando eu chegasse, fui informado por e-mail pela organização na noite anterior. Assim foi. Uma mulher corpulenta de uns sessenta anos segurava nas mãos rechonchudas um pedaço de papel rabiscado com marcador vermelho onde se lia *Marcus Moyema*. Havia um erro grave. Na verdade, meu nome é, e sempre será, Markus Molema, com um único L e um K no meio do primeiro nome. Não quis dar mais importância, mesmo não gostando do detalhe, e cumprimentei-a com a mão esquerda e um largo sorriso. A senhora sorriu timidamente e disse, com uma voz tão alta quanto o guincho de um rato:

— Bem-vindo a Mirau, senhor *Moyema*.

Ela arrancou a pequena mala das minhas mãos, com uma velocidade incompatível com sua idade e aparência, e arrastou-a enquanto me mostrava o caminho até o carro.

O veículo que nos levaria do aeroporto à capital, centro nevrálgico da ilha, que se chamava Mirau tal como o arquipélago, era uma caminhonete branca velha, caindo aos pedaços, na qual ainda se podia ler o antigo uso que alguém lhe dera. O desenho de um peixe saltando das águas com um sorriso feliz e a indicação *Peixe Fresco* ainda não haviam desaparecido de seu exterior, apesar das camadas de tinta utilizadas, imagino que devido à umidade do ambiente. Embora já há um tempo os passageiros do veículo fossem pessoas, e não habitantes capturados do mar, não sei se influenciado pela minha imaginação, senti um cheiro ácido de peixe, possivelmente impregnado no interior da caminhonete. Acontece que, para animar a viagem, que a senhora garantiu que duraria cerca de vinte minutos, além dos buracos devido à qualidade do asfalto na estrada, ao cheiro de peixe e ao meu cansaço, juntou-se a verbosidade diarreica da motorista. Ela não parava de falar, era como uma metralhadora, como uma máquina de escrever que cospe palavras. E o fazia num jargão ininteligível, misturando inglês, espanhol e português, continuamente salpicado de expressões locais que a mim era impossível identificar. Um minuto depois de entrar na caminhonete, desisti de qualquer comunicação lógica e civilizada e apenas soltei murmúrios de assentimento, tentando manter a compostura e me rendendo aos meus pensamentos.

François Clovis é, sem dúvida, o mais eminente e internacional dos cidadãos da Ilha Albatroz. Misantropo e colecionador de arte, era um personagem mundialmente conhecido que, por motivos pessoais, se isolou — profanando e reinventando a sua lenda— na ilha, e não a abandonava há mais de quinze anos. Diz-se que graças a alguns comentários de um nativo da ilha sem tempo, que mencionou durante uma refeição os benefícios do clima e dos habitantes, sem pensar muito nisso e encantado com os elogios daquele estranho, ele decidiu se contentar com uma temporada naquele lugar remoto. Há quase quinze anos, numa terça-feira, 15 de outubro, *The wind message* atracou no porto da cidade de Mirau. No navio em que viajava François Clovis, com um velho chapéu de palha, chegou também uma grande carga que ocupava quase completamente o navio, que transbordava de móveis, espelhos, cães de caça, carros, e principalmente uma ampla e notável coleção de arte. Uma amostra que foi enriquecida durante os anos de permanência em Albatroz. Essa faceta, talvez a mais conhecida do senhor Clovis, foi o que realmente me trouxe àquela remota e minúscula porção de terra.

Como um relâmpago preso em seu próprio momento por uma noite densa, tenho cada vez menos tempo, é cada vez mais difícil respirar o ar que flutua nesta cela. Olho através das grades e a escuridão serena da ilha me observa, me julga, me condena. Primeiro eu deveria falar de mim, daquele Markus Molema antes de tudo acontecer, antes dessa certeza devorar tudo, antes de matar Harry, o pobre, melancólico, mas terrível Harry Hansen. Talvez, agora, o que eu precise fazer seja descobrir quem era, quem veio à ilha, para ir embora, para finalmente ir embora. Duvido que sirva para alguma coisa nesta última noite, nesta noite de pedra, neste crepúsculo que minhas palavras incendeiam, em que ardem minhas florestas, meus sonhos, como papel molhado sobre a fogueira, porque o que eu era, o que fui, nada mais é do que uma lembrança inútil, um vão esforço de memória. Mas devo fazê-lo, devo ao menos tentar.

Olho através do tempo e me vejo feliz, feliz demais. Tão feliz quanto você pode estar neste mundo. Minha situação financeira era confortável e eu havia criado uma linda família. Tive também muitos amigos, pessoas que acho que me amavam pelo que eu era. Para completar o belo quadro, eu tinha *hobbies*, adorava a arte em todas as suas vertentes e a isso dedicava meu tempo profissional e pessoal. Era proprietário e diretor de uma requintada revista cultural intitulada *Art&letter*, atividade que combinou com a gestão de uma pequena, mas exclusiva galeria de arte. Era um intelectual, uma pessoa refinada, com gostos caros e prazeres obscuros. Esses rótulos autoimpostos, que o resto da sociedade julgava verdadeiros, eram a invenção burguesa e hipócrita de uma pessoa que sente medo. O homem precisa calibrar, medir, e as pessoas me viam como alguém preparado e requintado, como o protótipo de um homem culto, delicado e sensível. Essas máscaras que desenhei para a minha existência foram as ferramentas que me permitiram me situar socialmente e me deram uma posição, sem dúvida privilegiada, no circo das relações humanas. Esse contexto social foi metade da minha felicidade. Minha esposa e minhas duas filhas complementam o quadro. Vivia numa casa grande e linda, e tinha outra para quando o calor piorava e tudo ficava chato na cidade. Apesar de não ser um milionário, sempre consegui gastar dinheiro sem pensar no que viria a seguir. Dirigi carros e motos caros, comi em restaurantes luxuosos, fiquei em hotéis cinco estrelas e sempre sorri. Mas nem tudo foi cor-de-rosa. Havia mundos pulsando acima daquele universo superficial da minha vida, mas falarei disso mais tarde. Mergulharei minhas palavras na minha pessoa, na minha individualidade, no que me fazia ser Markus Molema. Entrarei com a furtividade de quem nunca esteve lá, pelas minhas profundezas, pelos cantos e recantos que teci, pelas minhas mentiras. Percorrerei doces caminhos inversos, para retornar àquele lugar íntimo, que eu escondia de mim mesmo, e ali desnudarei meu coração, quebrarei a máscara, a imagem, drenarei meus sonhos do espelho sujo e tecerei a figura derrotada de um homem e de um tempo que nunca me pertencerá, que nunca será meu.

A memória é a maior e a mais terrível das mentiras; mas tudo o que vivi na ilha, desde aquelas primeiras horas até hoje, aqueles momentos, aquelas noites, todo aquele tempo permanece intacto vibrando dentro de mim, como se um sol amargo e condenado iluminasse as lembranças, para que eu possa revivê-las uma após outra. Parece que estou na caminhonete, parece que consigo sentir o odor pungente do peixe, é como se me visse ali, olhando pela janela para a escuridão e planejando a minha visita, que pensei que só fosse de quatro dias; eu consigo me lembrar de quando ainda não sabia de nada e minha felicidade era um rio calmo, que molhava serenamente as facetas e os aspectos que um homem pode considerar necessários e precisos para existir. Se me esforçar, ouço a conversa da motorista, lembro-me de cada palavra. Nos meus olhos ainda brilha a pequena cidade de Mirau, que, mal iluminada, se revelou ao meu olhar; lembro como a lua se refletia poderosa, prateada e noturna sobre a pequena baía e o pequeno porto. As ruas estreitas foram limitando a velocidade da caminhonete de peixes até o centro da cidade. De repente, com uma freada brusca, estacionou diante das portas do meu hotel, uma antiga *villa* colonial convertida em hospedagem há setenta anos. The Green Mountain era uma das três pousadas da ilha e, sem dúvida, da melhor qualidade, como me garantiram. Ao sair do veículo, enquanto a mulher continuava falando sem parar, observei o que estava ao meu redor.

O imponente alojamento era um edifício de seis andares, com estilo neoclássico e oito grandes colunas que atravessavam a fachada. A pintura, um pouco desgastada pela umidade, apresentava lascas em alguns pontos, revelando a camada original da fachada. Situava-se na avenida principal, uma espécie de passeio marítimo que percorria a cidade acompanhando o mar. Ficava perto do seu centro nevrálgico que, como dá para imaginar, era constituído pelo porto e pelas ruas próximas. Com alguns passos, entrei no estabelecimento. O *lobby* era espaçoso, composto por poltronas elegantes espalhadas pela sala em frente a janelas brilhantes de onde se podia ver o mar.

A simpática, mas incansável papagaia que havia me buscado — continuava falando comigo, apesar de já ter passado meia hora desde que eu havia perdido o fio da conversa e de ela só ter conseguido de mim uma onomatopeia de fingido consentimento — ajudou a carregar as malas e me acompanhou até a recepção.

Então, sorridente e sem parar de tagarelar, colocou minha bagagem bem em cima dos meus pés e, com um largo sorriso, se despediu.

Um jovem, quase adolescente, de sorriso amarelo e olhos azul-claros me atendeu. O uniforme era grande demais para ele, como se o tivesse herdado do irmão mais velho, circunstância que aumentava a aparência de uma criança indefesa. Ele falava, como a motorista, um jargão ininteligível em que misturava espanhol e português com termos ingleses e localismos. Para entendê-los, eu tinha de fazer um grande esforço e às vezes pedir que repetissem alguma frase. Os linguistas trabalharam durante décadas estudando essa miscelânea, sem compreender bem a ordem, o funcionamento e as relações desse jargão singular. A localização geográfica, em pleno Atlântico, havia convertido o pequeno arquipélago de Mirau, ao longo do tempo, numa encruzilhada de espanhóis, ingleses e portugueses, e cada um deles, durante uma ou várias temporadas, ali hasteou as suas bandeiras. A peculiaridade do dialeto residia na organização mutável dos termos e das diferentes línguas utilizadas, sem qualquer ordem ou significado. Embora a língua oficial seja o português, todos os que vivem na ilha há algum tempo falam o que ali chamam de *miraundês*.

Após um intervalo que me pareceu eterno e uma cena cheia de mal-entendidos e nervosismo, fiquei com o quarto 570. Ao abrir a porta vermelha, avistei um quarto espaçoso com uma cama enorme, uma janela grande e antiga, vários quadros com motivos rurais e um pequeno escritório com canetas e papel sobre a mesa. A estância me agradou. Fechei a porta. Senti-me confortável. Acho que chegou a hora de falar dos quartos. De qualquer um, de algum, de todos. Talvez do único. Existem vários tipos de quarto: médios, grandes e pequenos, amplos e com duas janelas, quartos infantis, de casal, aqueles que você compartilha, onde durante anos os espaços mais íntimos não são só seus, quartos de amigos, dos seus pais, aqueles em que quando você entrava parecia descobrir um mundo proibido, quartos de hotéis, quartos emprestados que ocupamos apenas por alguns dias ou mesmo algumas horas. Um quarto é um refúgio e um espelho, pois diz muito sobre nós. É onde guardamos o que gostamos, o que amamos, o que precisamos, e, no fim das contas, o que somos. Onde também nos escondemos. Você pode fazer o teste. Ao observar o quarto de alguém, o local onde sonha e no qual passa aqueles minutos que antecedem o sonho, podemos conhecer indiretamente quem o habita. Existem, como já comentei, muitos tamanhos, muitas formas, diferentes detalhes, segredos e janelas, mas o seu, aquele em que vive, é único e intransmissível. Um quarto só nosso é o espaço mais íntimo e pessoal que podemos ter. Indica claramente a personalidade do habitante daquele lugar no mundo. O primeiro quarto que pude chamar de meu, o primeiro de que me lembro, onde a minha consciência foi tomando forma, era enorme, embora possa ser uma visão pautada na perspectiva de uma criança. Acredito que quando você começa a precisar daquele espaço, daquele cômodo próprio dentro de uma casa, da individualidade, esse traço distintivo se desenvolve e dá um salto qualitativo dentro do ser humano. A tinta que cobria as paredes do meu quarto era branca e havia apenas algumas pinturas penduradas nas paredes, das quais me lembro perfeitamente. Numa delas, uma litografia, no meio de um mar revolto, em combate parado, uma baleia-branca e, entre a espuma, um pequeno barco com um arpoador prestes a atirar sua arma contra o cetáceo. Era uma ilustração sugestiva. O oceano tempestuoso me chamava mais a atenção do que a ação; gostava de observar a espuma, que parecia ferver, e as ondas batendo, acariciando os personagens. No outro, obra da minha mãe — acho que vem dela meu amor e minha dedicação às artes pictóricas —, um leão multicolorido rugindo. A pintura era imensa e foi colocada na cabeceira da cama. Às vezes, ao acordar, antes de me levantar, antes de ir ao banheiro ou tomar o café da manhã, enquanto os sonhos se desvaneciam e a realidade consumia minha energia, de um escorço forçado, observava o leão que rugia. Suas cores vivas, as formas arredondadas, suas mandíbulas abertas que pareciam me chamar, pulsavam vivas dentro de mim. O quarto era retangular, com a porta e a janela voltadas uma para a outra nos lados mais estreitos. De um lado, havia uma pequena biblioteca onde repousavam cinquenta volumes infantis. A três passos da minha cama, ficava o grande baú, onde meus brinquedos estavam escondidos. Seu toque era áspero, mas dentro dele viviam as criaturas mais lindas e maravilhosas que já conheci. Os brinquedos, os livros, esses primeiros companheiros que nos acompanham durante o crescimento traumático, são totêmicos e permanecem em nossa memória como âncoras, quando a deriva se agrava. Sem querer, às vezes voltamos àqueles objetos, àqueles livros maravilhosos cheios de ingenuidade e cor, para nos refugiarmos da passagem do tempo. Eu adorava estar no meu quarto. Era o meu reino. Um mundo alheio ao exterior, o dos adultos, onde tudo podia acontecer, e o impossível era a forma de compreender o jogo. Passava horas, pelo que entendi ao revisitar memórias que outros guardaram para mim, desenvolvendo minha imaginação, descobrindo o ambiente ao meu redor e guardando essas primeiras impressões bem dentro de mim.

Às vezes, em sonhos, com tom fortemente melancólico, sob o peso de uma densa luz amarela, meu eu adulto entra naquele primeiro quarto. Tudo mudou e, ao mesmo tempo, tudo permanece igual. Agora tudo é menor. As pinturas são quase minúsculas, os livros e brinquedos estão espalhados pelo chão e neles paira uma cansada luz de domingo. Olho em volta nervosamente; tudo está tenso. Tem algo que me assusta. Algo que está prestes a ser revelado. Quero correr, mas minhas pernas não me obedecem. Então — creio eu, sem ter muita certeza —, acordo.

Abri a porta do 570. Espaçoso, cuidadosamente organizado e limpo, e com uma pequena varanda que oferecia vistas imbatíveis da baía e da cidade de Mirau. O minibar estava bem abastecido. Grande variedade de destilados, três ou quatro cervejas e petiscos diversos. Preparei um rum e tomei banho. O banheiro estava brilhando e eu gostei disso. Um bom banho o faz ver as coisas de uma maneira diferente, alivia o cansaço, limpa as energias e, claro, lava você, organicamente falando. Coloquei um roupão que tinha o logotipo do hotel. Uma montanha nevada cercada pelo nome em itálico. Gostei do detalhe. Bebi outro rum. Desfiz as malas. Tive uma sensação estranha. Eu tinha feito a mala. Não minha esposa. E para passar quatro dias, trouxe roupas demais — talvez, acho, porque inconscientemente sabia que não demoraria o tempo que havia programado para atingir meu objetivo e que iria me atrasar, e por isso minha bagagem era mais volumosa do que o bom senso aconselhava. Olhei pela janela. A lua deslizava pela água do mar, salpicada por lanças prateadas de espuma. Ao redor do porto erguiam-se as imponentes casas oitocentistas, como arautos centenários — propriedades da burguesia insular, que se erguiam como belos casarões com mais de quatro andares, todos reformados e com detalhes arquitetônicos acrescentados posteriormente, mas que lhes conferiam um certo encanto, e que ali, daquela posição, com a conjunção da lua e o mar calmo, pareciam navios prestes a zarpar. Apesar do cansaço e do acolhimento imaculado e caloroso do quarto 570, minha vontade de investigar e me aventurar me convidou a sair à descoberta da minúscula cidade. Tomei um último gole da bebida. O gelo brilhante colidiu em sua solidão congelada e transparente. Coloquei o relógio no pulso enquanto saía para o corredor e fechei a porta. Em vez de chamar o elevador, decidi descer a escada. Um tapete vermelho bem vivo e fofinho cobria os degraus como se fosse uma língua na garganta, e uma luz agradável que vinha de lindas luminárias com delicados arabescos tornava minha descida algo extremamente sugestivo.

Os mirauenses tendem a sonhar acordados e a divagar linguisticamente uma vez que ganham confiança. É uma das características mais notáveis, marcantes e ternas dos habitantes do arquipélago. A princípio parecem tímidos, reservados e evasivos, mas mesmo que você não troque mais de cinco palavras com eles em um primeiro encontro, quando o virem novamente, seja na volta do banheiro ou ao subir e descer do seu quarto, uma familiaridade avassaladora tomará conta da conversa, da relação presente e futura, e tudo se tornará surreal, caloroso e assustador. O adolescente antes tímido transformou-se, na meia hora que passei no quarto, em um furacão enérgico e tagarela. Sem eu lhe ter dado motivos para isso, o menino assumiu uma confiança que beirava o incômodo, chamando-me pelo primeiro nome, sorrindo estupidamente toda vez que eu contava alguma piada e recomendando, na velocidade da luz, vários restaurantes e passeios crepusculares adequados para um turista recém-chegado. Entre a complicada gíria em mirauense, a nova amizade afável, infantil e por vezes irritante do recepcionista e a incrível velocidade com que falava, fui obrigado a ouvi-lo durante alguns minutos, assentindo com a cabeça, apesar de não entender praticamente nada daquela misturebа, até que, lentamente, ainda balançando a cabeça e acenando um adeus, consegui sair pela porta e enfrentar minha expedição.

Abandonei o potente ar-condicionado e, já na rua, sem saber para onde ir — como deve começar todo bom passeio —, perambulei pelas ruelas, mergulhando no coração de Mirau. A arquitetura do centro, que poderíamos chamar de área velha ou antiga, era prodigiosa. Todas as casas foram construídas com o mesmo material: uma sólida rocha de arenito, semelhante à pedra de Villamayor, da província de Salamanca. Mais tarde, alguém de quem não me lembro me contou que os geólogos chamavam aquela pedra, nativa do arquipélago e do centro da ilha principal, de *temporea*, por sua dureza e fiabilidade estrutural. Uma de suas características era a ductilidade para trabalhar com ela. Sua manipulação era simples, apesar da resistência e da dureza, o que permitia a construção de autênticas obras de arte, arquitetônicas ou escultóricas, esculpidas em *temporea* — mais tarde pude observar de perto algumas das maiores efígies que já vi. Portanto, era compreensível que, devido à proliferação do material, alguns chamassem essa ilha do arquipélago de Mirau, que tinha o nome oficial de Ilha Albatroz, de *ilha sem tempo*. Seu toque — áspero, estranho e, ao mesmo tempo, macio e familiar — e sua cor cinza-areia — lavada pelo momento e pela mão atenta do artesão ou artista — tornavam o passeio pelas ruas daquela cidade uma delícia.

A disposição urbana labiríntica de Mirau era extraordinariamente curiosa. Qualquer que fosse a rua por onde passasse, regressava sempre ao porto. A cidade se dobrava sobre si, como um encanto sombrio, conduzindo cada passo à baía. É inútil, para os não iniciados, insistir em quebrar o feitiço e caminhar na direção oposta: os becos, naquele jogo excepcional e antigo, sempre o devolvem ao mar.

No primeiro contato com aquela terra, pude compreender porque Clovis, aquele intelectual estranho, caprichoso e irracional, o misantrópico colecionador de arte, havia traçado seu exílio naquela ilha. Sentia que a magia daquelas pedras, daquela terra, permearia toda a sua superfície, e que aqueles segredos indecifráveis que se ofereciam a cada passo eram capazes de atrair o artista desencantado e o intelectual solitário. Muito se escreveu sobre o exílio escolhido por Clovis. Era um homem admirado, com carreira e vida social invejáveis, e um dia, sem saber bem por que, convocado por um singular canto de sereia, abandonou o seu mundo e se isolou, sem dar notícias nem explicações, numa pequena ilha perdida no Atlântico. A falta de informação fez com que essa decisão se tornasse parte da lenda que gravitava em torno da figura do colecionador, ampliando o mito a cada compra ou nova aquisição artística.

A comoção causada pela chegada do senhor Clovis no *The Wind message* foi lembrada como um dos dias mais relevantes da história recente da ilha. Qualquer pessoa a quem você perguntasse, com mais de vinte e cinco anos, poderia lhe contar em detalhes como ocorreu o evento. Após o tumulto inicial, que incluiu uma saudação reverencial do prefeito e do governador ao milionário, Clovis tomou as providências necessárias para encontrar uma residência adequada. Durante algumas semanas, enquanto procurava uma casa que combinasse com sua personalidade, hospedou-se no mesmo hotel em que eu estava hospedado. Ele alugou um andar inteiro, o quinto. Existe a possibilidade de ter passado a noite no mesmo quarto 570. A mesma paisagem, visual diferente. Percorreu a ilha a pé e finalmente escolheu um lugar bonito e isolado a cerca de vinte quilômetros de Mirau. Tratava-se de um edifício conhecido como *A Casa dos Ventos*, não só pelas batidas contínuas, pelo combate eterno que os zéfiros vindos do Atlântico travavam contra a rocha, mas porque — segundo a lenda — abaixo da casa, entre alguns precipícios que desembocam no mar, grutas naturais, construídas ao longo de milênios pela erosão, abrigam ventos que, também apaixonados pela Ilha Albatroz, deixaram de viajar pelo mundo e fizeram delas a sua residência habitual.

A verdade é que o enclave e a majestosa mansão que o milionário adquiriu combinavam com a sua personalidade, e Clovis, em pouco tempo, transformou-a num espaço repleto de arte e magia. Nos cerca de vinte anos em que ali residiu, o misantropo foi ampliando gradativamente seu imenso e seleto acervo, até se tornar um dos mais significativos internacionalmente. Há algumas semanas, num breve comunicado de imprensa vindo daquele enclave, foi noticiado que o magnata doaria toda a sua admirável coleção à população da Ilha Albatroz, e que, para o efeito, construiu um museu, denominado Museu de Clovis, para albergar esse generoso legado. O comunicado dizia ainda que o generoso mecenas ficaria com apenas alguns quadros e a entrega seria feita oficialmente no dia 2 de dezembro de 2023, ou seja, dois dias após a minha chegada à ilha, no decurso de uma exposição de gala. Alguns convites deram a volta ao mundo e fui um dos agraciados com um deles. Fui um dos primeiros a chegar, mas tinha certeza de que, no dia indicado, a nata da crítica artística internacional estaria presente. Devo salientar que qualquer um dos grandes museus teria dado tudo para ter parte, não direi nem a totalidade, da coleção Clovis. Murmúrios de desaprovação foram ouvidos de Nova York a Paris, argumentando que essas obras de arte deveriam estar em um lugar onde pudessem receber maior influxo e projeção. Por alguma razão — que aparentemente seria revelada em algum momento da cerimônia —, talvez para mostrar gratidão pela sua existência insular, Clovis decidiu doar seu patrimônio artístico àquele minúsculo ponto no Atlântico que não tinha mais de três mil habitantes, fazendo com que todo o mundo da arte se voltasse contra ele. A minha curiosidade era enorme para conhecer toda a coleção, toda a majestosa compilação de pinturas, esboços, esculturas e desenhos que o misantropo colecionou ao longo da vida: essa foi a única razão e o verdadeiro motivo que me trouxe até ali, até aquele lugar remoto.

Entendi, durante as minhas caminhadas, porque a chamavam de *ilha sem tempo.* O ar estava parado, o momento flutuava entre as ruas, congelado, perdido, absorvido. O silêncio prevalecente, quebrado apenas pelos meus passos e pelos dos ocasionais transeuntes por quem passei na escuridão, aumentava a magia da cidade, e, suponho, da ilha. Quando pela quinta vez meus passos me levaram inevitavelmente ao pequeno porto, decidi ir ao restaurante mais próximo e comer alguma coisa. Uma garrafa de espumante branco, um saboroso peixe grelhado e a conversa incessante dos garçons me estimularam a dormir profundamente na primeira noite que passei em Mirau.

Faltavam trinta e seis horas, assim que acordei, para que o Museu de Clovis fosse inaugurado e eu pudesse satisfazer o meu desejo de ver a extraordinária coleção, e entre os lençóis considerei as possibilidades às quais poderia dedicar o meu tempo. Como penso ter mencionado, a internet era péssima em toda a ilha, e apenas em alguns pontos consegui acesso, mas era lento e instável, por isso rejeitei com tristeza a opção de verificar minhas contas e redes sociais ou a possibilidade de trabalhar. Decidi, então, "turistar", ou pelo menos fazer algo semelhante e explorar tranquilamente o ambiente e os recantos da ilha.

No hotel, o jovem falante da recepção — tive a impressão de que vivia no seu trabalho — sugeriu, depois de várias divagações dialéticas e vários desvios linguísticos, que eu alugasse um veículo para passear pela ilha. O carro em questão era um velho BMW dos anos oitenta, verde-escuro e conversível. Um veículo muito apropriado para minha personalidade. O dia estava bom, o sol se filtrava hesitantemente pela substância nevada das nuvens passageiras e o vento cálido vindo da África anunciava um dia quente, mas esplêndido. Depois de um café da manhã elegante, embora excessivo, ao qual adicionei várias mimosas, parti à descoberta da paisagem que me rodeava. Disseram-me que havia apenas três estradas principais, pavimentadas e sinalizadas, e as restantes eram múltiplas estradas de terra, que conduziam a recantos maravilhosos e quase esquecidos. A estrada norte, que atravessava a ilha até o extremo sul, era a mais longa e não tinha nem trinta e cinco quilômetros. Havia também a que os nativos chamavam de *estrada da espada*, pois cortava a ilha em duas, longitudinalmente; e, por fim, uma espécie de circular inacabada, que ligava a cidade de Mirau ao outro importante centro urbano da ilha, Bocau, uma idílica vila piscatória, que parecia, se é que isso era possível, ainda mais congelada no tempo.

O motorista anterior do BMW havia esquecido uma fita cassete com a *Sinfonia n.º 2* de Mahler. Tudo naquela experiência estava ficando perfeito. Aumentei o volume. Quando a abertura começou, dirigi pela avenida principal e saí da cidade. Enquanto o vento despenteava meu cabelo e o sol batia suavemente em meus óculos escuros, um largo sorriso dominou meu rosto. Orografia e geografia são, desde criança, dois dos meus interesses. Havia consultado num mapa a localização do arquipélago. Parecia que a garra de um tigre havia rasgado o oceano. Quatro pequenos ilhéus, dos quais apenas dois eram habitados por eremitas solitários, rodeavam a ilha principal, que tinha a forma de uma lua crescente estilizada. Uma pequena explosão vulcânica originada na ilha maior vomitou as ilhotas espalhadas. Apesar dessa origem violenta, o terreno era praticamente plano, e o ponto mais alto do arquipélago, a trezentos e vinte e cinco metros de altitude, chamava-se *cume vermelho* devido à cor escarlate das pedras que abundavam naqueles montes. Era verdadeiramente uma ilha de sorte, pois a sua existência teria sido apagada se não estivesse rodeada pelos ilhéus e pelas diversas e pequeníssimas barreiras de material vulcânico que impediam que as marés oceânicas a devorassem. Minha primeira parada foi no mirante demolido que ficava em um pequeno cabo, chamado Cabo de Fogo, porque durante séculos nele ardera uma fogueira que servia de farol nas noites mais escuras. Nestes tempos, as lanternas se situavam em locais mais adequados, e ali, no Cabo de Fogo, uma relíquia de outro tempo, como um arauto ruinoso do passado, só restavam uma torre demolida e vistas incomparáveis do oceano. Nunca acreditei na objetividade da geografia. Prefiro, sem dúvida, o olhar turvo de quem sonha com a paisagem; a pupila viva daquele que inventa a viagem. Não ter nada a perder e perder tudo.

Seguindo essa máxima, as minhas andanças por aqueles belos locais foram como as do primeiro explorador que pisou, quatrocentos anos antes, naquele arquipélago. Em cada reta, em cada curva que o BMW fazia, em cada colina, ou quando me aproximava do mar, do desconhecido, mas de certa forma familiar, a surpresa espreitava. Poderia dedicar páginas às singularidades que encontrei nesses dois dias de pesquisa, em que subi e desci, cruzei repetidas vezes sua superfície com o conversível, mas destacaria apenas três marcos geográficos que encontrei durante a minha viagem.

O primeiro foi a flora que, dada a sua origem vulcânica, desenhei completamente árida e com paisagens desérticas. Não era assim. A ilha e, como descobri mais tarde, todo o arquipélago tinham uma vegetação colorida e veemente que borbulhava em seu interior como um fruto tropical e proibido. Ao entrar nas regiões mais centrais, uma explosão de vida e cor feriu minhas pupilas. Parecia um jardim esquecido, um pomar primitivo. Uma grande variedade de flores, arbustos e árvores exibia-se voluptuosamente. Essa aglomeração de vegetação se radicalizava no centro, a que chamavam de selva sombria, pois, em certos locais, apesar da claridade permanente da ilha e graças à vegetação densa, parecia que a noite era eterna. Presumi que aquelas variedades botânicas tivessem vindo da África, transportadas por ventos fortes, mas observavam-se alguns endemismos, entre os quais se destacava a *flor sem beleza*, que era assim chamada por sua total falta de cor. Era uma flor linda, grande e albina, parecida com uma orquídea, mas absolutamente pálida. Frágil e estranha, solitária, pois cada arbusto produzia um único exemplar, e no turbilhão da vegetação era impossível encontrar duas flores sem beleza próximas.

Outras maravilhas que aquela terra escondia eram as fendas e cortes do Cabo das Espadas. Durante séculos, o mar e o vento erodiram suas paredes, gerando desfiladeiros afiados, formações rochosas pontiagudas semelhantes a sabres, que curiosamente emitiam um brilho selvagem quando a luz incidia de determinada maneira, devido ao alto conteúdo mineral concretizado em brilhantes e minúsculos cristais nas rochas daquele enclave. A paisagem peculiar, violenta, que acarretava um certo risco, devido às grutas e pedras pontiagudas que se erguiam como espadas, constituía um espaço monumental.

Por último, mencionarei as maravilhosas praias da costa oeste, de onde vêm as ondas. Séculos de desgaste formaram algumas das mais belas praias de areia que já tive o prazer de contemplar. Possivelmente a melhor, porque lá desfrutei de um dos mergulhos mais memoráveis da minha vida, foi a Praia do Naufrágio. Um areal preto e vermelho, longo e selvagem, em que ondas de espuma imaculada findavam, batendo contra a costa com a cadência de uma dança íntima e maldita. Mergulhei nas suas águas ao entardecer, enquanto a luz banhava a realidade com sua claridade alaranjada, conferindo ao momento e ao lugar uma beleza fascinante.

Depois de dois dias de férias, de exploração atenta pelo território, foi necessário voltar ao trabalho. As horas passaram entre as paisagens, as saborosas refeições e os coquetéis e espumantes. Eu estava apreciando a minha estadia. Em algumas horas, o Museu de Clovis abriria e eu finalmente poderia ver Clovis e, principalmente, seu trabalho. Não o conhecia pessoalmente, mas mantínhamos uma relação epistolar por meio de e-mails, *tweets* e outros meios eletrônicos. Falei com ele uma vez, algumas semanas antes, quando ele me convidou para a festa de gala. Servi-me de rum e entrei no chuveiro enquanto cantarolava uma valsa de Shostakovich. Naquele momento, eu não conseguia sentir, tampouco imaginar, as profundezas abissais em que desabaria.

CLARA

Agora que tudo carece de sentido, que o amor não poderá me mergulhar em seu abraço sombrio e doloroso, devo falar de minha esposa, de você, Clara, que já está tão longe, tão desesperadamente longe que não consigo suportar. Não posso mais adiar. Não devo fazê-lo. A história não pode continuar sem ela. Nada pode continuar sem você. Não posso seguir em frente sem a mencionar, e a única maneira é por meio de sua memória; esquecendo as palavras que a nomeiam, apagando, destruindo sua imagem. Clara. Chama-se — ou talvez fosse mais apropriado dizer que se chamava — Clara, e era, já que nunca mais a verei, o ser mais iluminado que conheci. Eu a amei desde o primeiro momento, desde o primeiro olhar. Eu a amei sem remédio nem medida. Nela, encontrei uma âncora de fogo misteriosa e insondável para minhas derivas, para meu oceano de chuva e silêncio, um farol para encontrar todos os caminhos. Desde o primeiro olhar, o primeiro gesto, desde a primeira palavra até a última, fui completamente dela. Sua voz ferve, modulada e suave, suas últimas palavras fervem. Disse com voz calma, como um círculo que conhece sua forma e que geme nos últimos momentos para se ocluir:

— Não demore. Quero passear com você.

Eu a conheci em uma manhã cinzenta, enquanto vagava pelas barracas de antiguidades de um mercado de pulgas de domingo. Procurava livros estranhos, volumes incertos de literatura desconhecida e amaldiçoada, procurava palavras que ressoassem naquela semiobscuridade do mundo, com a personalidade necessária para trazê-la aos nossos dias enquanto fugiam do cânone ocidental. Meu amor pelos livros é o único de meus desejos ou interesses que perdura desde a adolescência. A chuva tímida rompia a manhã de vez em quando, arrastando guarda-chuvas, chapéus e olhares taciturnos para o céu. Existem questões importantes, experiências que fazem você ser quem é, que se perdem no tempo, e há detalhes que se fixam em sua memória de forma incontornável e que o assaltam com a força de uma tempestade. Naquela manhã, depois de mais de uma hora de buscas e negociações, decidi comprar alguns livros; uma edição fantástica e praticamente imaculada das *Éclogas de Cylene*, de Ájax da Beócia, editada pelo professor Magnus Robertson e publicada em 1870 pela editora Cuernavaca, e uma edição deteriorada, mas muito singular, de *Encyclopedía de las artes oscuras*, de Walter Friedmam, da editora El orbe, 1937. Fiquei satisfeito com minha compra e me preparava para voltar para casa quando uma luz serena atravessou a rua diante de mim. Apenas olhou para mim por alguns segundos, mas foi o suficiente para eu saber que se tratava do amor da minha vida. Fez isso enquanto caminhava no meio da multidão. Seus olhos verdes me penetraram como uma faca na carne, ou como um raio em um carvalho derrubado por uma tempestade. Fiquei paralisado ao vê-la passar; permaneci ali, parado, passando o olhar pelas pessoas, pela carne, pelos sonhos que perambulavam pelo mercado para poder olhar para ela. Todo meu mundo rangeu, preparando-se para um naufrágio iminente. Eu a observei se afastar no meio da multidão como o fascinante prólogo do melhor romance que você já leu. Não queria deixá-la escapar e minhas pernas começaram a se mover, encantadas pelo movimento das outras pernas. Eu a segui, hipnotizado por seus gestos, enfeitiçado pelo mercúrio de algo muito brilhante.

Ela usava um vestido preto, levemente justo nos quadris. O cabelo preto caía-lhe sobre os ombros como uma cachoeira escura. Seu jeito de andar era fascinante, como o de um animal que acabara de sair da jaula. Mais tarde, com o passar dos anos, descobri que ela tinha diferentes formas de caminhar, dependendo de seu humor, de sua vibração mais íntima. O mistério, lindo, imenso, perfeito, que Clara representava para mim me fez segui-la em muitas ocasiões. Fazia isso à noite, quando ela voltava do trabalho, quando saía para fazer compras, quando saía sozinha para passear. Caminhar com ela — sem que ela soubesse, sem dizer nada, sentindo como o mundo acontecia sob suas pernas — foi, durante anos, um dos meus esforços mais profundos. Era o suficiente para mim, e soube disso naquela manhã de domingo, quando fui atrás dela pela primeira vez. Perambular com Clara por esquinas, avenidas, corredores, quartos; passar os anos com ela andando ao meu lado foi uma bem-aventurança.

Normalmente, isto é, na maior parte do tempo, ela avançava como se soubesse para onde estava indo, como quem sabe quem se é. Com determinação. Movendo os quadris com força e balançando os braços de forma exagerada. Clara, a arquiteta. Clara, a mãe. Clara, a amante. Clara, a amiga. Clara, dona de uma confiança avassaladora em cada movimento; em cada passo, em cada gesto, uma decisão implacável livrando-se de desculpas inúteis. Clara, minha esposa, minha companheira, aquela que dormiu ao meu lado durante onze anos.

Havia também a Clara daquele domingo cinzento, que se movia como um felino selvagem, como a criatura que encontra a sua liberdade. Seus pés então se moviam rapidamente, elétricos, traçando direções erráticas, destinos impossíveis de desvendar. Ela olhava a realidade com os olhos bem abertos, como se tentasse solucionar aquela questão inefável da vida. Sorria, olhava para as pessoas, esbarrava nelas; parecia que a cidade e as pessoas eram uma história que escrevia com seus passos. Almejava dominar o mundo, saboreá-lo. Clara, canibal, faminta de vida. Clara, pantera que sonha ser mulher. Temia e desejava Clara, tão forte, tão diferente de tudo que eu conhecia, tão dura e bela como um diamante.

Às vezes, seus passos ficavam profundos, como se os ombros estivessem pesados e alguém puxasse seus pés. Clara era então um mistério indescritível, o sinal ausente, a palavra estrangeira. Ela caminhava ereta, mas havia algo em seu andar que parecia estar descendo uma escada transparente; como se estivesse pisando nos prados profundos de uma floresta submersa. Caminhava alheia ao mundo exterior, sem se importar se íamos para uma festa animada, se caminhávamos felizes sob o sol de um meio-dia de abril ou se havíamos recebido uma má notícia no meio da agitação da cidade. Não dependia do seu estado vital, da sua vida; era mais uma questão existencial. Nunca consegui entender isso. Quando caminhava assim, ficava inacessível, silenciosa, como se lhe tivessem sido tiradas as vogais e só pudesse responder com onomatopeias incompreensíveis. Envolvia-se em um mistério que eu não conseguia acessar. Temia, então, a sua força obscura, capaz de me arrastar para abismos impossíveis, para uma tristeza imensa da qual não poderia escapar. Naqueles momentos, era capaz de me odiar da mesma forma que me amava. Clara, a morena, Clara, a melancólica. Seus olhos ficavam, naqueles momentos, perdidos por mundos esquecidos, naquelas palavras que ressignificavam o mundo. Clara, tão lúcida quanto concisa. Clara, inteligente e cruel. Clara, tão solitária em seus passeios crepusculares. Clara, tão sofredora e desesperada, tão humana, tão simplesmente Clara.

Eu me apaixonei perdidamente por ela alguns dias depois de conhecê-la. Era irremediável. Nosso relacionamento era como um meteorito, como um rio, como uma torrente incontrolável na qual nossa mente e nosso corpo se combinavam para jogar o complicado jogo de amar um ao outro. Tínhamos trinta anos quando nos conhecemos. Ela estava vinte e cinco dias à minha frente. Sempre dizia que a pessoa mais velha e sábia deveria tomar as decisões. Graças ao seu apoio incondicional, à sua confiança em minhas capacidades e, embora seja um conceito prático, à fortuna de sua família, pude me dedicar completamente ao que gostava: meu amor pela literatura e pela arte. Inauguramos uma galeria de arte dois anos depois de nos casarmos, graças a uma doação monetária de seus pais. Um ano depois, inauguramos a *Arts&Letter*, onde tínhamos cinco funcionários e que vinha se saindo maravilhosamente bem. Clara sempre foi, para mim, para o que eu era, inteligente demais, rica e boa demais. Nunca viu em mim o que eu via. Em seus olhos verdes, eu era uma pessoa melhor; era um homem mais perspicaz, mais autêntico e corajoso. Com ela, era tudo o que sempre quis ser. Quando lhe sussurrava "meu amor" apaixonadamente, agradecendo-a por me amar, ela ria muito e me olhava com espanto, com uma sinceridade avassaladora, e então, sem dizer nada, beijava-me e silenciosamente deixava minhas palavras se diluírem como chuva no lago.

— Não demore. Quero passear com você — disse ela, com sua voz suave e tônica, bem devagar, no aeroporto, como quem mata com beijos, ou quem sorri só com os olhos. Agora, neste pequeno espaço, neste quarto, sei que nunca mais a verei. Tanto faz. Agora tudo carece de importância.

Nossa vida de casal sempre foi um mistério para mim. Não consigo entender como consegui manter um relacionamento tão longo com uma pessoa como Clara. Como pôde aguentar por tantos anos meus terríveis defeitos, meus vícios, minhas obsessões, sejam cotidianas ou existenciais, meus sonhos excessivos, meus fracassos, minha transbordante pequenez humana? Talvez, pensei uma vez, a ideia de dissociar o que há de bom e de ruim em uma pessoa, como Stevenson propôs em um de seus livros, não seja tão simples. Diante desses defeitos, dessas misérias, é preciso saber encontrar virtudes e grandezas humanas que contrariem o negativo. Devo admitir que sempre julguei difícil perceber o bem que Clara via em mim. Ela dizia que eu era criativo, um sonhador, no sentido de idealista incorrupto, que eu era doce, que não desistia, que era um ser tremendamente analítico, principalmente sobre mim mesmo, e que isso me tornou inteligente; dizia que eu era atraente, misterioso e, às vezes, dependendo de como eu olhasse o mundo ou de como o mundo olhasse para mim, extremamente sexy.

Agora que penso nisso, sinto que lidei com a vida da melhor maneira que pude. Sem medo do fracasso, sem capacidade de ver o negativo, de forma corajosa e ousada, e talvez essa ousadia tenha sido o que seduziu Clara. É evidente que as associações de emoções, as sinergias que surgem quando um casal se funde de forma íntima e profunda como fizemos, são um mistério, e acabam sendo algo assustadoramente bom. A seu lado, eu fui feliz. Por onze anos e com duas meninas maravilhosas, fui feliz, tão profundamente feliz quanto alguém pode ser. Não posso dizer que não colidíamos. De certa forma éramos muito propensos a discutir, mas depois das censuras, da raiva e dos gritos, surgia uma compreensão nítida um do outro, uma empatia intensa, e não demorávamos muito para ajustar os ânimos. Na ansiedade de existir, tê-la foi uma bela sorte, uma sorte terrível. Amar é algo estranho, complicado; você imagina o amor, dá forma a ele, e é apenas uma visão subjetiva do que acontece, pois são duas criaturas que participam do jogo, e nunca se sabe a forma que a outra deu ao amor. Lutamos, Clara e eu, naquela batalha invisível, naquela guerra terrível e silenciosa, todos os dias. Jogamos, desde o momento em que nos conhecemos, o jogo feroz do amor. Agora, aqui, tão longe de tudo, tão longe de todos, sei que só no amor e na imaginação podemos encontrar alguma resposta, mesmo que incerta.

Constituir família não fazia parte dos meus planos. Nunca gostei muito de crianças, mas quando Clara me deu a notícia, num sábado chuvoso, enquanto devorávamos um suntuoso café da manhã, uma onda de gratidão, amor e felicidade subiu aos meus olhos e se transformou em lágrimas. Lembro-me do café, da torrada, da manteiga aberta, da geleia, dos biscoitos, das maçãs, dos seus olhos verdes. Lembro-me da sala, dos livros desordenados, do vinil encostado nas paredes, da luz que parou no meio do espaço para concluir aquele quadro com a sua substância e preservá-lo na memória.

Aproximadamente nove meses depois, nossa vida, até então repleta de festas e *glamour*, de literatura e arte, de noites de festa e libertinagem, transformou-se em noites de insônia, fraldas e choro. Quando Alba, nossa primogênita, nasceu, com os cabelos pretos e os olhos verdes da mãe, eu soube, no momento em que a olhei, que nunca havia visto nada tão lindo. *Este*, pensei, *é o sentido da vida*. É uma memória indelével, mesmo nestas horas finais, nestas horas em que tudo já não significa nada. As duas, Clara e Alba, deitadas na cama, depois do esforço titânico, depois do trauma do nascimento, como disse Otto Rank, tão lindas e envoltas numa luz que emitia sua própria existência, serenas, profundamente felizes.

Após o nascimento da nossa primeira filha, os pais da Clara nos cederam um magnífico apartamento num condomínio exclusivo. A galeria de arte começou a gerar bons rendimentos e Clara foi promovida a sócia do Deskyline, escritório de arquitetura onde trabalha. Não podíamos reclamar. Isso era vida, e era a nossa. Se alguém tivesse desenhado minha existência dessa forma, com amor, luxos, possibilidades criativas e de tempo, eu teria rido da pessoa. A chegada, dois anos depois de Alba, da nossa segunda filha, Luna, apenas cimentou aquele sentimento de triunfo vital, aquele sentimento de que tudo ia bem. Sempre acreditei no amor, no poder intangível que move o mundo. Porém, aqui, de agora em diante, sei que não passa de uma ilusão, uma enteléquia, sem dúvida bela e selvagem, que se torna necessária como desculpa para, de alguma forma, dar sentido à existência. Na realidade, amar é um exercício pessoal, uma decisão íntima, embora por vezes muito subconsciente, em que a pessoa amada não tem responsabilidade nem determina de forma alguma o destino desse sentimento. É verdade que as respostas do sujeito amado podem alterar o discurso estético dessa emoção, mas fundamentalmente não mudam nada. Diante dessa disquisição intelectual, tomei uma decisão, naquele domingo cinzento, ao ver Clara. Eu queria amá-la; amar sem sentido nem medida, tentando encontrar a salvação daquele naufrágio incessante. Eu me pergunto, oprimido por aquela realidade perdida, por aquele mundo, por aquela vida que ferve inalcançável além das fronteiras do tempo e do espaço, qual o motivo para me torturar novamente. Não sei o motivo de voltar a isso, de contar isso. De querer ser isso. Agora, neste momento, não há como voltar, não posso retornar àquela sensação, àquele sentimento que ardeu em mim por tantos anos; por que lembro de novo das minhas duas filhas queridas, da minha casa, dos meus negócios, da Clara, da minha vida, daquela vida? Não é muito difícil supor que seja uma defesa, uma forma de exonerar e desculpar a minha situação, lembrando-me, sem dúvida, de que conheci o que se chama felicidade. Refletir racionalmente sobre o caminho, sobre essas decisões vitais que me trouxeram até aqui. Isso é só o que me resta, tudo se torna insuportável.

Naquele domingo cinzento, seguindo-a pelo mercado e vendo-a sorrir para as pessoas, parar para olhar uma pintura por alguns instantes ou deixar passar outro transeunte, meu interesse aumentou, o desejo se tornou decisão e, aos poucos, como quem supera as dificuldades, fui avançando pela multidão, até quase tocá-la. Naquele momento, deteve-se e se preparou para entrar numa loja de roupas usadas. Com um movimento que repeti milhões de vezes em meus sonhos, minha mão e a dela se tocaram, e ela se virou para me olhar. Um sorriso, o mesmo sorriso que sempre procurei, os mesmos olhos verdes dos meus sonhos, aqueles imensos olhos me penetrando como um raio; sua boca e seu corpo inventavam para mim, naquele instante, uma vida, uma ilha, um doce abismo, e só consegui dizer-lhe, enquanto caía em seu misterioso interior:

— Não demore pra sair. Quero passear com você.

O MUSEU

Cheguei quarenta e cinco minutos antes da inauguração, mas como o estacionamento já estava praticamente lotado, tive de estacionar meu BMW numa área que, por algum motivo inexplicável, já que não choveu, estava cheia de lama. A localização da galeria de arte era esplêndida, rodeada por imponentes falésias e a poucos quilômetros da cidade de Mirau. A sua estrutura única se erguia ligeiramente sobre uma pequena colina, que os raios do sol da tarde acariciavam delicadamente. O projeto essencial, a ideia original do museu, foi obra do próprio benfeitor, ou seja, Clovis, e desenvolvido pelo arquiteto japonês Hozuki Huanvo. O edifício combinava, com alguma imprecisão, as construções primitivas da ilha com elementos conceituais e contemporâneos, gerando uma sensação peculiar em quem o contemplava. Dava a impressão de ser um par de caixas de sapatos abertas, com enormes janelas, unindo elegantemente madeira, vidro e aço naquele prédio singular. Eu o observei, atordoado, por alguns minutos. Esperava que um museu naquela ilha fosse muito mais simples, mas me pareceu, à primeira vista, uma construção sutil e bela. Capturou-me com suas formas suaves e discretas, e, enquanto acendia um cigarro e a luz do entardecer iluminava as suas formas, apreciava sua silhueta original. Havia manchado os sapatos e, tirando a lama suja das solas da melhor maneira que pude, me dirigi à entrada principal. Lá, combinaram uma pequena *sessão de fotos,* e alguns meios de comunicação — presumi que continentais, já que em Mirau não havia jornal, apenas uma rádio — cobriam a chegada dos convidados. Como não quis demorar, entrei, depois de apresentar meu convite aos seguranças. O salão estava simplesmente espetacular. Clara teria adorado. Por um momento, e tudo teria sido diferente, desejei que aquela viagem, que eu quis fazer como um breve interlúdio na vida de casado, não tivesse me ocorrido, e que Clara estivesse ali, caminhando comigo, ao meu lado, por aquela sala. Grande demais para uma ilha tão pequena, pequena demais para seus degraus. A primeira impressão artística foi poderosa e intensa; descobri, à segunda vista, flutuando acima da sala lotada, um móbile de Lorenzo Sullivan, uma escultura maravilhosa que se tornava dúctil com a brisa, semelhante à obra de Calder em alguns aspectos expositivos, mas com componentes muito mais intelectuais, transformadores e expressivos. Fiquei boquiaberto, absorto, ao observá-la. Era diferente de tudo que eu havia visto de Sullivan. Com cores marcadas e mudanças cromáticas perceptíveis em cada plano, transformava-se com um movimento sutil, dando ao espectador a sensação do caráter mutável e efêmero do movimento incessante da vida. Presumi que aquele trabalho era datado de algum momento da década de 1970. Possivelmente em 1972. Sullivan teve seu período mais criativo naquela época; foi também o mais turbulento e complicado de sua vida. Era, sem dúvida, uma obra extraordinária. Um garçom pediu licença timidamente e me ofereceu um coquetel. Distraído, aceitei e continuei vagando. Pude ver, no pequeno mapa que me entregaram na entrada, que a seção de monstros e raridades ocupava o lugar principal do museu. Foi a que mais me interessou. Situava-se na primeira sala do saguão. Cumprimentei um conhecido, que ergueu a sobrancelha ao me identificar, e me esgueirei para a sala ao lado. Tinha formato retangular, e o teto, embora estivesse mais próximo do chão, ainda era muito alto. Começava ali o universo pictórico que o misantropo havia reunido. Não conseguia me ver, mas me imaginava com os olhos brilhantes, duvidosos, e um sorriso bobo no rosto. Não sabia como começar, mas decidi seguir o fluxo e aproveitar a experiência.

A coleção de Clovis, além de imensa e verdadeiramente valiosa, possuía uma peculiaridade curiosa e muito interessante. A grande maioria das obras era de artistas peculiares, amaldiçoados e heterodoxos, de pintores inexplicavelmente diferentes. É verdade que, por ser tão vasta, contava também com peças de autores canônicos, das vanguardas mais relevantes e das obras mais reconhecidas, mas havia outra parte, que ele próprio apelidou de *seção de raridades*, que continha verdadeiras joias. O conjunto impressionava, mas só se tornou essencial, único, por reunir criações de artistas singulares e marginais. Devo admitir que meu trabalho, principalmente em filologia, tem se dedicado ao estudo de literaturas marginais; mas, para a revista, procurei elaborar uma série de artigos nos quais investiguei as obras e a vida de pintores situados além do que era socialmente esperado e vitalmente natural. Acho que é por isso que a nova exposição de monstros e raridades de Clovis me atraiu tanto. Logo no início — a primeira pintura, em ordem correlativa ao verbete — havia um Raymond Flux: um belo e original autorretrato, em que os tristes olhos azuis do pintor dominavam a tela. A expressividade da pincelada e a moldura singular de corpo inteiro, sobre um fundo vermelhão borrado, onde estava o malfadado pintor — que se suicidou aos vinte e nove anos —, vestido de fraque e apoiado numa perna só, junto a um curioso cromatismo de tons saturados, fascinaram-me. Segundo a biógrafa, sua prima, Katherine Flux, esse trabalho figurativo, dentro de uma obra puramente abstrata, foi a última pintura feita por Raymond Flux. Tais características transformaram aquela tela, de apenas setenta centímetros de comprimento, numa obra de valor incalculável. Não só monetário, mas como peça fundamental para compreender a obra criativa de um dos pintores mais singulares e originais do século XX. Abstração é figuração sob um novo ponto de vista: axioma que Flux trabalhou até a exaustão, desenvolvendo uma tarefa inimitável na qual se destacou, a meu ver, aquele autorretrato sincero, lugar onde findava o seu estilo. Por meio da abstração, ao quebrar o ponto de vista convencional, ele pintou a si.

Espantado, continuei e dei alguns passos lentos em direção ao próximo quadro. Ao lado do autorretrato de Flux, repousava uma obra de dimensões consideráveis, aproximadamente 2x2m. Eu sabia disso por tê-la visto em antigos catálogos russos do final do século passado. Seu título: *Aqueles que observam*. A pintura a óleo era ocupada por rostos perfeitamente desenhados, que olhavam maravilhados para o espectador. Não havia espaço em branco. Não estou exagerando quando digo que mais de cem pessoas nos fitavam da pintura. Cada uma tinha sua personalidade e seu gesto. O hiper-realismo dos rostos, quebrado apenas pelos tons cinzentos, produzia uma vertigem impossível, e era difícil fixar o olhar em todas aquelas figuras.

A impressionante tela era obra do maravilhoso pintor de ascendência polonesa Andreas Bogufal, que, em alguns círculos, especialmente os populares, foi apelidado de *O Maneta*. Ganhou o apelido por motivos óbvios. Bogufal foi um artista de qualidades extraordinárias, que desenhava com habilidade incomparável aos cinco anos, mas, num acidente, enquanto brincava com os irmãos no campo, cortou o braço direito na altura do ombro. Ele teve de aprender a fazer tudo com uma mão. Comer, escrever e pintar com a mão esquerda. Curiosamente, suas habilidades pictóricas melhoraram. Aperfeiçoou-se tanto que se destacou no cenário artístico de Varsóvia, ganhando diversos prêmios de pintura e desenho rápido. Seus pais, com possibilidades financeiras, enviaram-no para completar os estudos em Humanidades em Paris, onde produziu uma obra turbulenta, poderosa e estranha. Seu traço realista combinado a enquadramentos forçados e um tom geral de conotações fantásticas e mágicas fizeram do seu trabalho algo original. O professor Vouguet, da Universidade de Cracóvia, num texto fundamental para a compreensão da obra de Bogufal, intitulado *O que a outra mão pinta*, assinala que o *pintor maneta* gerou mundos perturbadores, universos diferentes e inquietantes, com obras que ultrapassam o realismo para se situar em outra dimensão distante e única.

Tivera oportunidade de admirar algumas obras menores de Bogufal no Museu de Belas Artes de Varsóvia, mas aquela que então contemplava era excepcional. Os rostos que olhavam o mundo pela janela que ele inventou me impressionaram profundamente.

Tudo me chamava a atenção. A exposição estava esplêndida. Muito melhor do que eu poderia ter imaginado em meus sonhos mais loucos. No centro daquele espaço expositivo, como um arauto escuro dominando a sala, uma imensa escultura, de execução clássica, obra do brilhante criador de imagens Anton Morabía, erguia-se com uma força sombria. A imagem, feita em mármore de Carrara, era muito curiosa e fora dos cânones escultóricos do século XX. A figura, uma espécie de herói derrotado, caminhava, com metade de uma espada na mão esquerda e um escudo na outra, em direção a um lugar invisível. Era surpreendente. Os músculos tensos da estátua tinham anatomia perfeita; estavam parcialmente cobertos por uma túnica na qual o deslizamento do movimento vibrava e o gesto sofrido e humano do protagonista pôde ser realçado. Na minha opinião, o pormenor que sustentava a escultura com a sua força conceitual era a mão esquerda, com a qual segurava a espada quebrada, símbolo da luta, já não uma luta física, mas, quero crer, existencial. Morabía, o escultor, teve uma vida singular, e alguns de seus episódios fazem parte da substância inefável das lendas. Artista esplêndido, desde muito jovem criou obras de genuína beleza e expressividade contida, mas poderosa, alcançando em algumas delas, como a que está exposta no Museu de Clovis, intitulada *O caminho da batalha*, alguns dos mais altos patamares da escultura contemporânea. O preço de suas criações disparou, seu nome e sua obra estavam em alta, quando subitamente, aos sessenta anos — sem qualquer explicação lógica, pelo menos para o resto de seus contemporâneos —, recomprou as peças que pôde, reuniu-as num sórdido armazém e, num paroxismo de raiva descontrolada, destruiu-as com um grande martelo. Justificou sua ação alegando que não eram obras completas, mas falhadas, que precisava destruir para continuar sua busca. Depois, confinou-se ao seu ateliê, situado numa pequena aldeia nas margens do Atlântico, até morrer. Felizmente, algumas dessas magníficas representações sobreviveram, colocando, apesar da opinião de Morabía, a sua criação no auge artístico do século XX. Poder olhar para uma delas, *O caminho da batalha*, foi uma dádiva para os olhos e para o coração.

A três metros da tela de Bogufal, outra obra-prima aguardava o meu olhar. Fiquei perplexo; Clovis possuía um quadro, um dos poucos que existem, de Shirin Walden, pintora estadunidense que ocupa um lugar especial no meu imaginário artístico. Trabalhava muito lentamente. Segundo Julieta Veince, sua biógrafa autorizada, demorava mais de um ano para finalizar um quadro. A correção contínua, as pinceladas lentas e a reflexão artística são perceptíveis quando se olha para um de seus quadros. É conhecida por não mais de trinta pinturas a óleo, todas com as mesmas dimensões: 1x2m. São figurativas e muito pormenorizadas. Cada uma representa uma faceta da vida cotidiana. Retratou, com uma precisão expressiva extraordinária, cenas do mercado de suprimentos, momentos perdidos no tempo, acontecimentos sem importância na rua onde vivia, como um dia de neve, uma aula na universidade, e, seguindo o estilo da *Última Ceia*, copiosas refeições familiares. Uma curiosidade sempre muito apreciada pela crítica e, creio, uma das singularidades que a fez pertencer por direito à coleção de Clovis era o fato de, em todas as telas que Shirin Walden pintou, a própria autora aparecer como uma das personagens retratadas. Por vezes, é difícil localizá-la no meio da azáfama e das várias figuras, mas lá está ela, olhando para frente com um ar distraído, participando de uma atividade coletiva ou contemplando a realidade através de uma janela. A reflexão sobre a passagem do tempo, sobre a passagem do instante na vida de uma pessoa, gravita na fascinante obra da artista estadunidense. É digno de nota o fato de a idade da autora — e, portanto, o momento de criação — poder ser seguida olhando para seus quadros e para seus peculiares autorretratos. Na tela pertencente à coleção de Clovis, Shirin Walden estaria nos seus cinquenta anos, no epicentro de sua criatividade. O quadro é grande, como a maioria de suas obras. Representa uma festa, uma celebração ou um evento realizado no ateliê da pintora. Muitas das pessoas presentes são figuras importantes do mundo artístico e cultural do início do século passado. A cena inclui cerca de cinquenta personagens perfeitamente captados. Curiosamente, pude reconhecer o famoso galerista Patricio Hosking, Elena J. Kuislem, uma gravurista extraordinária, Lucius Gracom, um importante crítico de arte, e até o próprio Clovis, sorridente e com uma taça de champanhe na mão. Esse detalhe me fez pensar que se tratava de uma encomenda. A própria autora aparecia no centro do quadro. Estava de perfil, pintando, com a atenção fixa em seu trabalho. O mais surpreendente é que o quadro que Shirin Walden pintava dentro da obra retratava exatamente a mesma cena, com os mesmos cinquenta personagens, mas com uma transformação, um pequeno pormenor, que era de arrepiar. No quadro dentro da obra, tudo tinha o mesmo enquadramento, os personagens estavam nas mesmas posições e respondiam à mesma paleta cromática, mas tinham envelhecido, estavam idosos. O resultado era profundamente inquietante e demonstrava as admiráveis técnicas utilizadas pela pintora em seu trabalho magno.

Um aplauso estrondoso roubou minha atenção por um instante. O ato de renúncia parecia ter terminado, e eu o havia perdido. Amaldiçoei, por entre os dentes, meu encantamento e, olhando para o relógio, verifiquei que havia passado uma hora e meia desde a minha chegada, ouvindo o tilintar dos copos e o burburinho do coquetel. Ansiando refazer meus passos e revisitar aquela sala que albergava quadros tão singulares e poderosos, pensei em regressar, mas algo me chamou a atenção e permiti ser arrastado para trás. De um lado da vasta sala em que me encontrava, no extremo oposto da porta de entrada que me levaria à festa, reparei numa pequena porta que dava para uma sala pouco iluminada. Arrependi-me muitas vezes da decisão que tomei. Se tivesse me juntado à festa, bebido uns drinques e visto a obra em outra hora, tudo teria sido diferente. Agora estaria na minha linda casa, com as minhas filhas dormindo em suas camas, lendo um livro sob uma luz suave e ouvindo uma melodia de jazz misturada ao doce cantarolar de Clara quando passava por mim. Mas não foi assim e não podemos voltar a um determinado momento e mudar os porquês; temos de aprender a aceitar as decisões, compreendê-las de alguma forma, tentar amá-las. Há uma beleza obscena nesse fogo negro que queima para sempre o que teríamos sido, se a decisão tomada tivesse sido outra. Atraído por uma força irracional, afastei-me da alegria festiva e caminhei com passos determinados em direção àquela sala. Olhei à minha volta e vi apenas um pequeno quadro. Não tinha mais de 60x50cm. Na porta, e não ao lado do quadro, ao mesmo nível dos outros títulos, havia uma etiqueta com o nome da obra: *O quarto vazio*. O autor, Bastian Bowen, era, para mim, um total desconhecido. Entrei no quarto. Não havia janelas, e suas dimensões eram as habituais para um quarto próprio. Cinco ou seis passos me separavam da tela. A moldura era simples e uma luz suave iluminava o campo de visão. A execução não tinha a qualidade dos quadros que contemplei na sala anterior, mas a sua força expressiva, o seu significado, ultrapassava os outros quadros em intensidade. Dei um passo e depois outro. Observei o quadro. Um arrepio intenso percorreu minha espinha como formigas furiosas. Não sei bem o que me aconteceu; as sensações se juntaram, formando uma estranha amálgama na minha memória, como se tivesse provado um sorvete de vários sabores e o resultado fosse uma sensação indefinida. A imagem era simples: um homem de meia-idade observando o espectador do interior de um quarto vazio. O protagonista da tela olhava com uma intensidade assustadora, e nos seus olhos brilhava uma compreensão humana. Era como se a sua angústia existencial rompesse a linha tênue que separa o que se observa do observador, ou como se um rio atingisse o olhar até transmitir perfeitamente o sentimento de solidão, falta de comunicação e exílio que o artista, aquele desconhecido Bastian Bowen, tentou captar. Se a arte defende que a beleza é verdadeira, então vi poucas coisas que fossem mais autênticas do que aquele retrato poderoso, mais terrivelmente bonitas do que aquela pintura. Se a figura humana, que vestia um rigoroso traje preto e uma gravata de mesma cor, era o centro da representação, o ambiente não era menos relevante. Era uma sala sem portas nem janelas, desprovida de decorações e móveis, que exalava solidão e desespero existencial. A mensagem encantadora que a pintura transmitia me devorou como se eu fosse um biscoito. Algumas doces lágrimas começaram a escorrer pelo meu rosto, justamente quando ouvi:

— É magnífico, assustador, devastador e terrivelmente lindo, não acha, senhor Molema? — declarou uma voz grossa e cansada na escuridão próxima. Surpreso com a interrupção, procurei seu dono e ali, na escuridão daquela sala, encontrei o responsável pela minha visita à ilha de Mirau.

— Uma pintura sugestiva e extraordinariamente expressiva — sussurrei. — Embora não tenha uma técnica adequada, atinge com perfeição o seu objetivo. Como vai, senhor Clovis?

— Absolutamente. Não acho que seja, em termos técnicos, o melhor trabalho de Bowen; mas é, sem dúvida, o mais expressivo, o mais avassalador, o mais devastador. Sabe, Molema, o retrato é de Harry Hansen, um personagem estranho que vive nesta ilha, dono de comoção e pensamento literários muito significativos. Se você olhar do ponto de vista técnico, perceberá alguns detalhes que rebaixam o nível da obra, mas, mesmo assim, Molema, essa tela é, há dez anos, uma das minhas pinturas mais queridas, um dos meus tesouros mais preciosos. Agora que tudo acabou e que estas obras já não são minhas, mas pertencem a esta ilha, a este lindo museu, queria vê-la mais uma vez. Uma última vez. Achei que ficaria sozinho, que poderia contemplá-la em paz, sentir-me outra vez naquele quarto vazio. Mas percebi que você estava aqui, e estou feliz. Na verdade, estava procurando por você. Não tivemos oportunidade de conversar.

Ele se aproximou e pude ver seu rosto brilhar sob a luz quente que iluminava a pintura. Era um homem alto, com cerca de setenta anos, rosto inchado, pele branca e olhos escuros. Já o vira muitas vezes em fotos, mas nunca tão de perto. O misantropo, a lenda, o grande colecionador de arte, estava cansado, tinha um ar melancólico que transbordava e cobria seus gestos e suas palavras com um manto cinzento.

— Senhor Clovis, conte-me mais sobre essa pintura — pedi, voltando o olhar para aquela obra hipnótica.

— Agora não, senhor Molema — sussurrou ele, com um tom de exaustão em sua voz potente e grossa. — Agora alguns amigos, um pequeno grupo, vão à minha casa tomar uns drinques. Tenho muitas coisas para comemorar, muito mais para me despedir, e hoje não poderia ficar sozinho. Por favor, junte-se a nós, eu imploro. Você sabe onde fica… Esperamos você lá — acrescentou, encerrando nossa conversa e concentrando a atenção naquele trabalho por alguns segundos antes de se virar, olhar para mim e fazer sinal para que eu o seguisse.

Na verdade, eu queria, queria mais do que tudo neste mundo, ficar e olhar o quadro, mas pensei que poderia voltar no dia seguinte ou em outra hora no futuro. Nunca mais o vi. Não mais o verei. Achei oportuno, naquele momento — para terminar o meu artigo jornalístico, a reportagem que vim escrever, o motivo da minha viagem —, conversar com o misantropo sobre sua coleção. Porém, uma curiosidade doentia também pairava na minha cabeça; queria saber mais sobre a pintura e seu autor, aquele que se autodenominava Bastian Bowen.

A BIBLIOTECA

A noite estava estrelada e quente, o ar era doce e me acariciava no conversível enquanto eu dirigia lentamente em direção ao lugar conhecido como *A Casa dos Ventos*, a residência de Clovis. Tentei tirar a pintura da cabeça, mergulhando meus pensamentos nas outras obras de arte que acabara de ver. Eram exemplos impressionantes e poderosos da expressão humana, de seus desvios e preocupações, de suas angústias, mas *O quarto vazio* superou todos eles. Eu precisava saber mais sobre essa misteriosa pintura a óleo. Acelerei o BMW, como se reafirmasse minha decisão, e em poucos minutos estava em frente à casa de Clovis. Deduzi que muitos convidados já haviam chegado à festa, pois avistei vários carros na entrada principal. Estacionei e dei uma olhada no prédio; o reflexo da lua aparecia timidamente nas janelas gigantescas e uma música melódica percorria o ambiente.

A mansão de Clovis tinha formato de cone. Era uma espécie de pirâmide plana, mas com mais faces, e quase totalmente envidraçada; tinha um toque *vintage* e moderno, mas eu sabia que havia sido construída pelo proprietário anterior e que Clovis simplesmente a adquiriu. Era bonita. Ao entrar, deparei-me com um quarteto de jazz, trazido expressamente de Portugal para a ocasião, e um grande grupo, a nata da intelectualidade continental, bebendo e dançando ao som da bateria. Peguei um copo e tomei um gole generoso, observando a multidão. O patrono havia se referido a um pequeno grupo de amigos, mas provavelmente recebia pelo menos uma centena de pessoas, sem contar os garçons, a estafe da mansão e os músicos. Eleanor Burgeois, uma galerista francesa, me cumprimentou.

Era uma conhecida esnobe de longa data, e eu realmente não queria falar com ela.

— Que noite magnífica, não acha, Markus?! — questionou ela com sua voz estridente e, sem me deixar responder, cumprimentá-la ou mesmo abrir a boca, continuou — A coleção é imbatível, e essa festa delicada e tranquila é a melhor maneira de dar o *grand finale* à noite. Quando você retorna à civilização? E Clara?

— Amanhã, Eleanor, voltarei a Madri amanhã à noite — sussurrei enquanto tomava um gole de champanhe. — Clara está muito bem, obrigado.

— A coleção é magnífica — disse ela, elevando o tom afetado e virando as páginas do catálogo da coleção do Museu de Clovis —, mas devo admitir que há algumas peças, como *Elefante em chamas*, de Julliete Josking, ou essa, que incompreensivelmente se infiltrou na exposição, *O quarto vazio*, de Bastian Bowen, que destoam. Deterioram o resultado. Desequilibram a visita e, claro, a coleção. Não sei o que Clovis viu nelas; são claramente obras de menor classe ou mesmo deficientes.

— Claro — respondi, impressionado com seu comentário. A mulher desagradável, além de feia, esnobe e arrogante, era obtusa. — Eu, por outro lado, querida Eleanor, considerei tudo o que vi maravilhoso. Em particular — declarei, começando a fugir —, acho que *O quarto vazio* é uma grande obra, talvez a melhor de todas.

Ela riu como uma hiena enlouquecida antes de me responder:

— Você não existe, Molema. Sempre gostei do seu humor — concluiu, intermitente com sua risada horrível, enquanto eu me afastava.

Peguei outro copo na hora e perambulei pela casa. A festa ocorria em várias salas, com intenso rebuliço e alegria em todas. As paredes estavam vazias. Tristes, exalavam uma solidão recém-imposta. Não havia nenhuma pintura pendurada naquelas paredes imensas. Pareciam, por hábito, mostrar, oferecer um vislumbre do que fora exposto ali, mas agora tudo o que se conseguia agarrar era a sua terrível nudez. Ninguém parecia se importar com o fato de o antigo lar da coleção de Clovis ter sido aquelas paredes. A ausência de cor — todos os móveis eram brancos — produzia um efeito calmante ou perturbador, dependendo, como sempre, dos olhos de quem contemplava. Perturbaram-me, pessoalmente falando, ainda mais sabendo que, há poucos dias, exemplos autênticos e maravilhosos da criatividade humana cobriam suas paredes. Parecia que as pessoas haviam se espalhado pela casa e, em cada canto, havia gente bebendo, rindo e comemorando a ocasião. Peguei alguns aperitivos de uma mesa. Estavam excelentes. Numa ampla sala de estar com grandes janelas, agora abertas, que davam para a noite profunda e para uma piscina iluminada, encontrei Albert Rumou, um prestigiado crítico de arte e pintor terrível. Bêbado, ele olhava para a piscina como se considerasse mergulhar nela. Cumprimentei-o cuidadosamente:

— Rumou, como você está?

— Molema, você por aqui? Nesta ilha horrível? Nesta festa com tão pouca classe? — questionou ele, com a voz embargada pelo álcool.

— Diante dessa piscina sugestiva? Você, o grande Molema? — concluiu e voltou a olhar absorto para a água.

— O que acha? — questionei, para dizer algo. Eu não ia deixar nada claro, mas, ainda assim, Rumou era um cara por quem eu não nutria muita antipatia. Tinha rosto comprido e abatido, sorriso complicado, cabelos longos e emaranhados; usava roupas sempre pretas com detalhes brancos, fosse uma gravata, um lenço ou, como naquela noite, um chapéu branco-claro estilo *vintage*. Creio que o que mais me agradava em Rumou era seu cinismo, claramente oriundo de uma descompensação em seus esforços criativos. Como crítico, era lúcido, contundente e preciso; como pintor, um verdadeiro desastre. Acho que a vida dele naufragava nessa dicotomia.

— Me conta, Albert, você gostou da coleção do Clovis?

— É extraordinária. Especialmente a coleção de pouco ortodoxos. O resto é aceitável, mas o que a torna completamente diferente, essencial para a compreensão da arte, é seu repertório de artistas marginais… — disse, e depois dirigiu o olhar para o teto para listar as maravilhosas Shirin Walden e Julliete Josking e o essencial Bogufal, sem esquecer de Morabía.

— E, diga-me a verdade, o que você acha de *O quarto vazio*, de Bowen? — perguntei com interesse enquanto tomava o último gole do meu copo.

— É uma pintura curiosa. Perturbadora. Acho que não está totalmente bem concluída. Vislumbra-se uma certa incapacidade técnica, mas é, sem dúvida, um bom trabalho. Agora, com licença, vou continuar observando a piscina; mas, antes de ir, tenho certeza de que isso o interessará, porque sei que letras, literatura, são o seu ponto fraco. Molema, você ficará satisfeito em saber que a biblioteca do senhor Clovis fica atrás daquela porta. — Apontou para um acesso a uns quinze metros de onde estávamos.

— Até logo, Rumou. Até breve — disse, despedindo-me sem pensar em outra resposta.

Duas coisas ficaram claras para mim na breve conversa com o especialista bêbado: a primeira, a localização da famosa biblioteca de Clovis, e a segunda, que *O quarto vazio* valia a pena, que a chama negra que me devorou quando o contemplei, embora fosse uma sensação subjetiva, era algo que outros espectadores sentiram em maior ou menor grau. Não pude esconder meu desejo de visitar a biblioteca e segui com passos largos em direção à porta que Rumou havia apontado. Além disso, ele estava certo. Minha verdadeira paixão sempre foram as letras. A literatura, a filosofia, a poesia, o livro como objeto e como amostra de uma época têm sido os meus verdadeiros amantes. São meus tesouros; você poderia dizer que minha casa são os livros. Entrei com ímpeto. Estava mal iluminada. Procurei um interruptor. Ao pressioná-lo, a luz se difundiu pela escuridão do ambiente, mostrando o outro tesouro, além das pinturas, do senhor Clovis. Que maravilha! Perfeitamente posicionados, elegantemente iluminados, comportava cerca de trinta mil livros em suas estantes. Dizem que construir uma biblioteca, essa aquisição diária de livros, temas, estilos e preocupações, não é para lê-la na íntegra, mas por um desejo excessivo de conhecimento; ou seja, você sabe que não vai ler todos os volumes que adquirir, é impossível pensar que Clovis, ou eu, com uma biblioteca que ultrapassa vinte mil volumes, tenhamos lido cada um deles, mas há uma conjunção entre a necessidade e o apetite do colecionador por conhecimento. Alguns copos caíram em outra sala, algumas vozes se elevaram, a música foi interrompida por alguns segundos, silêncio, e depois a retomada do fluxo sereno, semelhante ao hino do rio que canta suas mudanças de direção. Os livros observavam silenciosamente meus passos. Foi-me apresentada uma oportunidade única de passear pelos seus volumes.

Minha biblioteca é um amplo compêndio de minhas preferências, preocupações, angústias e gostos literários ao longo do tempo. Guardei cuidadosamente tudo, desde minhas primeiras aquisições na adolescência até as mais recentes. Obras universais e, na maioria das vezes, livros pouco conhecidos, mas impossíveis de esquecer, textos essenciais para compreender o rumo da história humana, desde a sua invenção e suas conquistas, passando por suas derrotas e seus fracassos, suas batalhas, seus infernos, seus sonhos. Minha relação epistolar com Clovis começou durante a escrita de um dos dois livros de minha autoria. A obra em questão, intitulada *A biblioteca perdida*, é uma espécie de ensaio em que mergulho em literaturas marginais e peculiares, na vida dos escritores mais singulares e heterodoxos, na existência desses homens que escreveram a outra literatura, a autêntica, a que não compõe o cânone, mas que é mais real, mais intensa e de maior qualidade, na minha opinião, do que a comumente aceita como literatura universal. Durante anos, especializei-me em certos autores, aqueles marginais e malditos, que traçaram os limites do homem e a sua criação mais transparente, esclarecedora e emocionante da palavra escrita. O meu gosto por esses escritores renegados, os que profanam o cânone ocidental com a sua vida e obra, levou-me, creio que erradamente, a escrever o compêndio de que falo, reunindo nas suas páginas os criadores mais relevantes, intensos e diferentes de que se tinha notícia. Agora, conhecendo-se o proverbial repertório de livros que Clovis possuía, corria o boato de que sua *biblioteca sombria*, como ele designava a seção de livros inomináveis de autores singulares, continha a coleção das obras esquecidas e proibidas dos bruxos mais sinistros, dos heróis esquecidos, de bardos, assassinos e prostitutas, de místicos e solitários, de suicidas e duelistas, de deformados e traidores, em resumo, dos escritores mais peculiares da história da literatura mais ampla, abrangente e interessante que se conhecia.

Clovis e eu estávamos unidos pelo mesmo amor, um interesse semelhante pelas literaturas marginais, por aqueles homens e mulheres que desprezaram o cânone, que escreveram pelo simples prazer de fazê-lo, abandonando em seu caminho criativo a fama, o mercado, as tendências literárias de sua época, e buscando nas letras um caminho pessoal à própria obra.

A generosidade que Clovis demonstrou ao longo desse processo de escrita foi tão indispensável quanto a sua ajuda monumental. Tenho certeza de que sem o estranho misantropo não conseguiria concluir o livro. Pedi-lhe, em diversas ocasiões, durante os dois anos do processo, que me enviasse alguns dos volumes que possuía, fossem os livros originais, ou certas páginas digitalizadas (mais tarde soube que toda a sua extensa biblioteca estava digitalizada), para ter pleno conhecimento de determinados autores e literaturas.

Como exemplos da colaboração de Clovis, tenho o envio de dois volumes originais que solicitei: *A escadaria invertida*, um romance sombrio do místico e feiticeiro português Gilberto Nuno das Rosas, e a doce e capital coleção de poemas de Otto Dunkel, *Para quem ama a noite*.

O apoio e interesse, aliados à sua inestimável ajuda, fizeram com que seu nome aparecesse nas páginas de agradecimento do trabalho, junto ao de minha esposa e aos de outros familiares e colaboradores.

Agora estava ali, com aquele grande tesouro. Aquele berço de conhecimento, aquele monstro de papel que me observava, impaciente, ávido por meu olhar. Não era possível compreender o amor excessivo que Clovis devia ter pela literatura sem visitar calmamente sua biblioteca. Todos os livros foram escolhidos, impossivelmente escolhidos, e se tratavam em particular de primeiras edições, salpicadas de incunábulos e edições de autor. Organizados em ordem alfabética, pude encontrar diversas edições das *Éclogas de Cylene*, de Ájax da Beócia, herói e guerreiro grego que compôs uma série de poemas à frente de seu tempo, com tom falsamente épico, mas com profunda carga metafísica. A mais interessante delas era a primeira edição ocidental, publicada em Paris, em 1870, pela esplêndida editora Cuernavaca, selo dedicado de preferência à heterodoxia literária. Uma editora que construiu seu catálogo nos caminhos obscuros da criatividade e do pensamento humano. Devo ressaltar que no dia em que conheci Clara, adquiri essa mesma edição, e que ela estava descansando em minha casa.

O exemplar estava praticamente intacto, quase novo, como se só tivesse sido aberto algumas vezes em todo aquele tempo. Há anos sou um amante sincero da magnífica coleção de poemas que Ájax da Beócia escreveu. São apenas trinta e oito poemas, razão pela qual muitos críticos defendem que se trata de um livro inacabado, mas sem dúvida essencial. A força expressiva, o uso inovador de formas poéticas e o tema do amor épico fazem desse volume um dos ápices líricos universais. Com extremo cuidado, coloquei-o de volta em seu lugar na biblioteca. Há prazeres escondidos no fundo de si, prazeres que são cultivados durante a vida, que esperam o momento certo para aparecer. Tocava tristemente os livros com as pontas dos dedos, bem devagar, como se acariciasse uma mulher. Sentia o peso dos séculos, das palavras se acomodando, esperando pelo meu olhar. Entre todos esses tesouros encontrei um que, na minha opinião, brilhava com luz própria. Ali, a poucos centímetros da minha mão, estava uma joia impossível de encontrar, o fabuloso texto de Alfie Deschamps, considerado a pedra angular de sua excelente obra, o romance *A cidade em chamas*.

O volume estava desgastado, embora bem conservado. Nunca havia segurado aquela obra, então uma emoção percorreu-me quando a acariciei com as mãos. A família de Deschamps, após seu suicídio ou sua morte misteriosa, proibiu expressamente a reprodução por qualquer meio público de qualquer livro escrito pelo autor conhecido como *o homem solitário*. Esta decisão o relegou a um limbo sombrio, e só os exemplares que circulam nos sebos nos permitem descobrir um dos pulsos literários mais originais que conheço. Sua existência terna e triste, profundamente solitária, como a de qualquer cidadão de qualquer megacidade, e sua escrita intensa e rasgada, na qual desfaz as angústias do homem contemporâneo, abrem caminho para a literatura de um futuro próximo. Considero Deschamps um dos grandes escritores do nosso século, e os seus herdeiros são idiotas injustos que não permitem que sua magnífica obra exale aquela luz, por vezes amarga e sombria, mas lúcida e contundente, que brilha impiedosamente na literatura atual.

Minha vontade de explorar a biblioteca era o único bálsamo contra o veneno que me devastava. Só me deixando levar pelo sonho da descoberta futura consegui esquecer o desejo passado. Não pude deixar de ficar surpreso depois de encontrar alguns volumes, organizados com muito cuidado; praticamente a obra completa de Ignea Brug, com *A vida da luz* destacando-se como uma estrela brilhante, uma criação misteriosa que supostamente foi escrita quando ele tinha mais de cem anos.

Eu não poderia conceber algo tão majestoso; a biblioteca de Clovis excedeu em muito a minha imaginação. Aquelas estantes pulsavam de literatura e de vida, habitadas pelos volumes mais maravilhosos, pelos livros mais aterrorizantes, pelas metáforas mais terríveis do que poderíamos chamar de *a arte de saber viver*. Meus dedos dançavam de um exemplar a outro, como um pianista que acaricia apenas as teclas pretas. Saltando da obra esotérica do místico português Gilberto Nuno das Rosas aos versos expressivos e apaixonados de Paris Morel — o eterno amante, aquele que perseguiu a expressão definitiva do amor ao longo de sua existência — ou à poesia atroz e complexa do dipsomaníaco Andrew Evelson, passando por um exemplar do meu *A biblioteca perdida*; a deferência me causou uma impressão agradável.

Tantos segredos, tantas vidas, tanta literatura marginal e poderosa cativaram meus passos e minha mente, abandonando-me embriagado à perplexidade e à emoção; abalado, observava inocentemente aquele belo monstro equilátero, aquela criatura de papel e tinta que, de sua altura e maldita profundidade intelectual, sem piedade, ameaçava me devorar. Ouvi uma risada abafada, como uma moeda caindo na água, lenta, terrivelmente lenta. A risada veio daquele grande homem, do dono da abastada biblioteca. Depois de conhecer seus interesses, suas paixões, suas convicções literárias e artísticas, suas obsessões vitais, tão semelhantes às minhas, pude vislumbrar seu desenho do mundo, seu universo heterogêneo, culto e heterodoxo e, por fim, sua ideia de existência. Nisso, outra vez, eu estava errado, profunda e irremediavelmente errado. Não se pode conhecer ninguém; são apenas nossos reflexos, fragmentos de algo que não conseguimos captar.

O riso gravitava pela sala, acompanhando, como passageiro efêmero do humor, a fumaça densa de um imenso charuto. Os olhos azuis de Clovis brilhavam enérgicos na penumbra do assento em relevo onde, imerso nas sombras, ele gargalhava.

— Alegra-me saber que você gosta dos meus livros. Uma vida inteira de leitura; anos e anos procurando esses títulos, essas edições, acreditando em vão que serviriam para alguma coisa, que eu poderia escapar, que eram o método para interpretar o indecifrado sentido da vida. Enganei-me, porque a vida é fogo e nós... nós somos apenas borboletas que sonham com o equilíbrio, com o fogo, com a profundidade assustadora da noite. Presumo que você já saiba disso, certo?

Demorei um pouco para responder. Eu estava muito longe daquele cômodo. Estava nos livros. Aqueles mundos me chamavam, eu queria explorar aqueles universos que pulsavam ao alcance de minhas mãos. Ler sempre foi o bálsamo, o veneno, o sentido, minha ânsia e minha necessidade mais íntimas, e, diante daquele acervo inclassificável, minhas palavras demoraram a vir à mente. Tomei um gole enquanto caminhava e sentei em uma poltrona confortável de frente para aquele personagem.

— Devo admitir — disse, com um meio sorriso vibrando em meu rosto, anunciando o que considerei um comentário áspero —, senhor Clovis, que a profundidade do seu comentário, da sua biblioteca, somada à ingestão imoderada de destilados, fez com que eu voltasse a mim, porque nos últimos minutos eu cavalgava pelas montanhas pedregosas das palavras, de sua coleção esplêndida e imbatível.

Clovis parecia um homem destruído, derrotado como um general após uma batalha, ou um elefante que abandona sua manada para morrer. Uma aura de exílio rodeava aquele personagem curioso, e uma tristeza imensa, uma solidão infinita, brilhava em seus olhos como o lobo que olha a lua, oferecendo àquela claridade a vontade de sua rouquidão. Ele tomou um gole de um copo grande e largo. O gelo tilintou intensamente. Molhou os lábios grossos com a língua e sussurrou:

— Sabe, Molema... que bom que você conseguiu ver os meus livros, que os viu no lugar que escolhi para eles. Você pôde entender o esforço, o amor, a dedicação imensa a essa paixão. Hoje me despedi das minhas pinturas; nunca mais as verei — murmurou Clovis, olhando distantemente para sua biblioteca, como se um oceano escaldante nos separasse. — E agora tenho de me despedir dos meus livros. Vou me livrar deles em breve. Vou entregá-los a diferentes universidades, a diferentes bibliotecas. Deixe-me explicar. Não acredito na ideia da biblioteca perfeita e imóvel; acho que cada livro tem uma existência única e deveria ter uma vida independente; então agora, e isso foi planejado detalhadamente, eles vão se dispersar como pássaros numa manhã de inverno, separando-se daqueles que os acompanham há anos, para procurar naquele horizonte de papel e tinta outras pessoas que os leiam, outro espaço físico, outras vidas. Quem sabe se no futuro aqueles que agora estão afastados se unirão novamente! Livros, bons livros, devem ser lidos, não importa onde ou por quem. O que leio, essas histórias, essas ideias, essas vidas, continua em mim, continuará crescendo, prolongando-se dentro de mim — declarou Clovis, enquanto um brilho escuro reluzia como uma moeda caindo num poço, na pureza sombria de seus olhos azuis.

Doara tudo; abandonara tudo. Eu não conseguia processar tal informação; não conseguia entender por que alguém desistiria daquela biblioteca maravilhosa. Pareceu-me uma autêntica loucura, e considerei ser uma estratégia maluca para entrar para a história. Clovis passou a vida inteira dedicando grande parte do seu tempo à sua peculiar bibliofilia, à sua coleção de arte, e agora abria mão disso. Rompia com o que foi ao longo de sua vida; os traços, as características que sustentavam Clovis se desfizeram quando ele desistiu ou doou, ou como quisesse chamar, tudo o que amava. Neste momento, envolto nas asas deste silêncio, enquanto escrevo estas palavras estéreis, enclausurado entre estas paredes nuas, considero que foi a decisão mais lúcida e lógica que poderia tomar. A única que poderia tomar. Naquele momento, pareceu-me um absurdo. Uma loucura. Primeiro, separava-se de suas pinturas; depois, de seus livros. Aquele pobre homem estava abandonando tudo o que amava. Clovis se levantou. Arrastou-se em direção à biblioteca, murmurando algo que não consegui entender. Tocou as lombadas dos livros com as pontas dos dedos, como eu havia feito alguns minutos antes; com um amor respeitoso e reverente que vibrou em minha intimidade sob o peso de suas palavras. Muitas vezes você treme sem saber por quê, que motivo está escondido atrás de cada arrepio. É como um terremoto suave, como um raio ferido que repousa sobre o lago ou como aquela ideia gentil que temos de nós mesmos, mas que internamente sabemos que está errada.

— Tantos livros, tantas ideias, tantas palavras. Tantos sonhos e esperanças, tanto entusiasmo para compreender, para captar o momento, e tudo, absolutamente tudo, inútil, completamente inútil — concluiu num sussurro, ao mesmo tempo que alguns fogos de artifício luminosos e explosivos rompiam sua solidez no céu.

As explosões iluminaram a sala com uma carícia irregular. A consistência efêmera daquelas flores luminosas e a beleza estéril da sua concepção acompanharam perfeitamente o discurso amargo de Clovis. Ainda consigo vê-lo à frente, derrotado diante de sua biblioteca, seu insondável labirinto de papel, em silêncio, com o olhar perdido entre os livros enquanto os fogos de artifício se sucediam.

— Molema... — continuou ele. Sua voz rangia como uma quilha sob o peso invisível de um naufrágio íntimo. — Antes, quero lembrar, há algumas horas, no museu, você me perguntou sobre aquele maldito quadro, sobre *O quarto vazio*, certo?

— Sim. Gostei da pintura. Quem é seu autor? É muito valorizado? Diga-me, uma curiosidade urgente me consome, por favor — respondi.

— Permita-me fazer uma recomendação — continuou Clovis, com um gesto estranho. — Seria preferível, aconselhável, que você não soubesse nada sobre Harry Hansen. É um conselho pessoal. Ainda há tempo. Escute-me. O melhor seria esquecer a pintura, a pessoa e aquele maldito livro agora mesmo.

— O livro? — questionei, ainda mais intrigado.

— Sim, aquela pintura que tanto o impressionou tem uma relação direta e complementar com um livro de mesmo título. Foi escrito por Harry Hansen, morador desta ilha, um dos estranhos protagonistas e, como conta em sua narrativa, a pessoa retratada na pintura — explicou Clovis. — Há livros que narram, que divertem; há livros que se aprofundam no inefável, mas alguns queimam, e esse... você ainda está interessado? — Ele parou por um momento para concluir —... *O quarto vazio* é um deles...

— Absolutamente — respondi. — Agora muito mais, porque sei que existe um livro.

Clovis se aproximou da estante. Lá fora, os fogos de artifício haviam cessado, deixando a noite tranquila. Ele tocou num livro estreito, de lombada escura, e extraiu-o cuidadosamente. Fitou a capa. Aproximou-se de mim e, na penumbra do cômodo, estendeu a mão. A luz difusa da candeia iluminava com delicadeza a capa, o título

O quarto vazio. Clovis o localizou na primeira tentativa entre os mais de trinta mil volumes. Foi fantástico. Todo o ar da sala parecia vibrar; a casa mergulhou num silêncio denso.

Ele sorriu com uma amargura que me pareceu infinita e proferiu um último aviso:

— Cuidado, Molema, este livro queima. Repito: recomendo que não o leia, mas acho que o que digo não importa. Cabe apenas a você.

Só descobrimos se um momento é transcendental quando habita o passado. Se eu soubesse até onde estava descendo, de que forma aprenderia a cair, teria me levantado naquele momento e, sem olhar para trás, voltado para minha vida, minha esposa, minhas filhas, meus livros, minhas reuniões. Eu teria me abrigado atrás dos prazeres simples nos quais todos nos refugiamos da tempestade da existência. Teria corrido para minhas manhãs sem dormir, para os filmes B que tanto amava, para meus lençóis quentinhos, meus cafés com leite, minhas músicas preferidas, os beijos da minha mulher, para seus lábios, seus olhos, para minhas filhas, a inocência delas, as notícias, os *donuts* de chocolate, minha solidão, meus sonhos, minha vida. Mas não o fiz, e quando Clovis me entregou o livro, impelido pelo interesse que toda aquela estranha história suscitara em mim, peguei-o com a mão esquerda, e, naquele mesmo momento, ele me fez dele. Não senti nada de estranho, de terrível, quando o abri e folheei delicadamente as páginas. Clovis se sentou e, sem me olhar, começou a cantarolar uma música que não reconheci. Alguns segundos depois, ele tomou um longo e último gole do copo sem gelo e disse:

— Adeus, Molema, desejo-lhe muita sorte.

A ESPUMA

Impressões, exaustão, emoção e bebericação se combinaram para resultar numa fadiga quente e poderosa. Saí da festa com meu tesouro de bibliófilo nas mãos, sem me despedir de ninguém. Dirigi velozmente, esquivando-me dos pensamentos, deixando-os descansar, dormir, como criaturas cansadas, para que se levantassem em uma nova forma. Ao estacionar, arranhei o lado direito do meu carro. Parecia o gemido de um navio velho. Não parei para olhar. Quando subi para meu quarto, tudo estava como havia deixado horas antes. Senti um imenso alívio. Coloquei o livro de Clovis na mesinha de cabeceira. Eu não queria começar a ler naquele momento; queria a mente clara como água. Tudo foi muito intenso e havia bebido demais. A noite embalou meus pensamentos, e a cama do hotel, branca e fofa, acolheu meus sonhos. Dormi profundamente. Acho que sonhei com festas, pinturas impossíveis, palavras perdidas num labirinto, mas não consigo me lembrar. Todavia, isso não me importa. Abri os olhos e o mundo dos sonhos desapareceu, despedindo-se, esperando pacientemente meu retorno. A realidade é uma mentira, mas nos agarramos a ela desesperadamente.

Quando acordei, a luz entrava pela janela. Devia ser o meio da manhã. Pedi ao serviço de quarto que me trouxesse o café da manhã, composto por duas torradas, presunto, suco de laranja e café com leite. Enquanto tomava banho, repassei os episódios do dia anterior. A memória é um instrumento estranho, uma máquina disfuncional da qual emergem fragmentos do que aconteceu, fora do nosso fraco controle, quando menos esperamos. A dança de lindas borboletas que sonham com fogo: assim poderíamos definir as memórias.

Numa praia que acho que já não existe, num dia cinzento e frio, lembro-me da criança que fui, um menino andando solitário na areia. Nuvens desgastadas cruzavam o céu como navios perdidos num mar imenso. Lembro que minha imaginação voava, mas não sei para onde. Naqueles tempos, meus pais ficavam conversando, lendo ou olhando para o céu. Eu vestia jeans com pernas arregaçadas e estava descalço. A areia estava fria. As ondas pareciam calmas. A praia era grande, e, no centro, uma montanha rochosa criava pequenas piscinas e poças que eu gostava de frequentar. Há momentos, como quando aceitei o livro de Clovis ou aquela tarde de outono na praia, que marcam a sua vida mais do que anos de estudo, mais até do que os relacionamentos ou as decisões mais importantes de uma vida. Lembro-me da sensação de liberdade, das gaivotas desenhando com seu grasnado uma rede de caminhos invisíveis; lembro-me dos meus passos, das pedras, das poças, do peso da rede no ombro, daquela rede com a qual sonhei pescar; então, como um raio, aquele momento decisivo apareceu em minha visão, e algo tão diferente quanto único chamou vigorosamente a minha atenção. Meu corpo de menino ficou tenso como o arco sonhando com a flecha. Ali, num pequeno poço, uma grande lula havia sido capturada. A maré baixa havia levado a água, e o pobre animal, não tendo tempo de acompanhá-la, tornara-se prisioneiro naquela poça minúscula, pequena demais para o seu tamanho, indefeso naquele espaço ínfimo. Fiquei observando o movimento do animal. Por algum estranho encantamento, uma profunda empatia foi gerada em minha mente infantil. A sensação claustrofóbica que a situação daquele cefalópode produzia em mim, o paroxismo do seu desespero, sua realidade irremediável e sua existência solitária naquele espaço de areia e água combinaram-se para tornar a situação insuportável. Com a minha pequena rede e praticamente sem dificuldade — parecia que a lula se lançava para ela, talvez para acabar com seu sofrimento —, apanhei a criatura. Lembro-me de meu coração batendo descontrolada e alegremente, mas comovido e nervoso com a captura. Eu nunca havia pegado nada, nem chegado perto de uma conquista tão triunfante. Vi a lula pulando espasmodicamente na rede, e, por um instante, a dúvida se transformou em possibilidade, mas a empatia que sentia por ela ainda vibrava em mim, então me aproximei da margem, entrei cuidadosamente na água, com as calças arregaçadas, e soltei a criatura. Nunca me arrependi disso, até aquela manhã.

Foi como cair, pois as lembranças continuavam chegando de forma irregular, conquistando o espaço exigido pelos pensamentos formais, alterando a percepção do evocador e conduzindo a mente pelos caminhos que às vezes gostaríamos de manter inacessíveis. Mas eu as sinto até agora. Se você parar por um momento, poderá ouvir; são as ondas. Sinta-as, sinta seu corpo ascendendo como um guerreiro incansável combatendo uma rocha. Ouça o combate. Desse rugido nasce a espuma, de nossas palavras e nossos silêncios, de nossos sonhos e batimentos cardíacos lutando descontroladamente contra os dias, os anos, a vida. Só nos restam as lembranças; uma memória estéril e mutável que nos faz, nos refaz e nos inventa. Um terrível estigma que atinge em vão a condição humana. Agora, aquelas memórias que guardamos como únicas perderam o significado para mim; finalmente, pode-se dizer, tudo está vazio.

O LIVRO

Um livro nada mais é do que um sonho que não se pode deixar de sonhar. Esse axioma — essa frase simples, mas enigmática, que li não sei onde, num momento perdido da minha vida, e que agora me atinge com uma lucidez invencível — poderia ser a forma mais eficaz de explicar o texto de Harry Hansen. Afinal, seria difícil definir de forma genérica e temática a obra — que tinha o título único, terrível e apropriado de *O quarto vazio* — que li naquela maldita manhã brilhante e reli ao cair da tarde daquele dia fatídico, e novamente, sem cessar aquela maldita leitura, naquela mesma madrugada. Não entendo por que o chamo de fatídico; deveria dizer terminal, último, final, ou alguma palavra similar, porque depois dele não há nada. Naquele dia de luz e silêncio, minha vida acabou. Nas páginas seguintes, tentarei explicar, em linhas gerais, para narrar da melhor maneira possível, o conteúdo do livro maligno que Clovis me permitiu acessar. Ser objetivo, sonhar novamente essas páginas sem deixar que isso me afete. Não o farei em profundidade, porque considero que aquele texto deve permanecer esquecido, como uma porta que não leva a lugar nenhum, ou como a vã tentativa do homem de escapar de um labirinto que ele mesmo desenhou e cuja saída esqueceu ou, talvez, e isso possivelmente é o mais terrível, nunca construiu: aquela porta que não existe. Tentarei ser justo e explicar a essência do livro *O quarto vazio*. Era ou é — não tenho a certeza de sua real existência — um texto profundamente híbrido, em que a narração é, sem dúvida, não linear, de ficção, poesia, ensaio e especulação metafísica. Até aqui poderíamos classificar a proposta como vanguardista, transitando com sucesso singular entre os diferentes gêneros e temas, mas entre suas palavras irradia um segredo muito mais complexo e sombrio; uma rede de caminhos que multiplica as leituras e cerceia a simplicidade que a princípio parece possuir.

A história, em cuja leitura você se afoga, narra as aventuras, ou melhor, desventuras, de Bastian Bowen, um pintor, e uma estranha encomenda que o conduz ao abismo.

Tratarei de esclarecer e ir direto ao ponto, narrando, em primeira mão, o que suas três leituras me causaram.

Não sou capaz de explicar o que aquele livro ocasionou. Mesmo que tivesse centenas de anos pela frente, séculos de vida, não saberia explicar o que a leitura fez comigo. Acho que o mais justo para quem vier depois, pois tenho certeza de que *O quarto vazio* atrairá outros leitores, é que eu faça uma breve sinopse, um resumo, o mais literário possível. Melhor dizendo, escreverei com um certo tom literário, para tornar compreensível a história, o maldito livrinho dentro de um maldito livro.

Devo alertar que possivelmente você não conseguirá perceber a essência protetora e terrível que ele contém. O título assinado por Harry Hansen é escrito como um monólogo interior, e a ausência de personagens reais — os protagonistas e as tramas são, na verdade, fantasmas do protagonista —, os estranhos desvios da trama, sua forma mutável e sua arquitetura íntima confundem o leitor. Portanto, oferecerei uma visão pessoal do texto. Uma releitura que habita em mim e que agora, como quem perde a sombra, entrego a você. Suas páginas dizem muito mais coisas do que poderiam ser escritas nesta noite fatídica. Tenho certeza de que em *O quarto vazio*, claramente um texto de abordagem existencialista e de forte tom solipsista, há uma verdade selvagem, uma série de realidades que desnudam o leitor até o confrontar com a própria existência nua. O livro busca levar você àquele ponto, àquela situação desesperadora, em que não se tem mais nada, em que você não é mais nada, e a única coisa, a porra da única coisa, perdida na ilusão, na razão, a única coisa que lhe resta, é a próxima batida do seu coração. Entremos naquele quarto então.

O QUARTO VAZIO

Sou um sonho, nada mais que um sonho. Acredito que nunca fui um homem, acredito que as memórias que me moldaram são uma ilusão, um mero e vão ofuscamento que o cérebro, com uma mente doente, aterrorizada, assustada, gerou para tentar dar forma a uma identidade, buscando dar sentido a tudo, a esta vida, a esta existência. Mas tudo foi inútil. Vamos, já que é disso que se trata, dar palavras a este colapso. Iluminemos o abismo, mesmo que seja apenas por um instante, mesmo que seja apenas um clarão, porque não há nada mais no homem do que esse breve relâmpago, esse brilho indefinido com o qual nos submergimos no nada mais completo e estéril. Saboreemos, portanto, o brilho amargo que nos faz acreditar que somos homens, que somos algo mais que um quarto vazio. Meu nome é Bastian Bowen e cheguei à ilha de Mirau há dois meses. Sou pintor. Bom, sempre me considerei pintor. Ser algo; sempre pensei que fosse algo. Agora sei que aquilo era uma imagem distorcida de um espaço vazio; um reflexo que só existia na minha imaginação. Em suma, o meu amor pela arte, pela expressão humana, me manteve no caminho artístico, apesar de muitas tentativas infrutíferas. A vida de artista é complicada, mas ultimamente minha sorte parecia ter mudado. Meu estilo delicado e hiper-realista, com o qual gerava composições meticulosas às quais dava um certo tom misterioso e mágico, era apreciado por alguns colecionadores, e meu trabalho começava a adquirir algum valor.

Numa segunda-feira chuvosa, meu agente me ligou para dar uma notícia que recebi com alegria e entusiasmo. Um misantropo e colecionador de arte, H. J. Hansen, convidou-me para uma espécie de estadia artística numa pequena ilha do Atlântico, para que eu pudesse pintar um certo número de obras; em contrapartida, ele me pagaria um preço exorbitante. Considerei a notícia maravilhosa. Alguns meses de mudança de ares e um dinheiro aceitável. Pareceu-me, inicialmente, uma boa ideia e uma oferta imbatível. Pelo que me disse o meu agente, eu deveria enviar as necessidades técnicas e pessoais o mais rápido possível para que eles cuidassem da preparação e estivesse tudo pronto na minha chegada. Ali mesmo, ao lado do telefone, preparei uma lista com minhas necessidades. Todas foram satisfeitas, da mais absurda até a mais insignificante.

Na noite anterior, havia bebido muito e me despedido dos meus companheiros habituais, pois planejava uma estadia de seis a nove meses. Qualquer coisa que pudesse prolongar minha viagem. Dizia a mim mesmo que uma mudança de ares faria bem a minha saúde e, sobretudo, a meu trabalho. A viagem de avião foi devastadora para minha terrível ressaca. Foi longa, pois tivemos de fazer diversas escalas até chegar ao minúsculo aeroporto de Mirau. Quem não conhece a ilha não perde nada. Por situar-se no meio do Atlântico e pela localização estratégica, pertenceu sucessivamente a vários países. As diferentes culturas podem ser percebidas à primeira vista, pois se misturam elementos coloniais portugueses, ingleses, espanhóis e holandeses. Essa estranha amálgama e o afastamento do pequeno arquipélago suspenderam a cidade e o povo no tempo. Assim que pisei em terra firme, uma sensação estranha, poderosa, me dominou. Meu primeiro impulso foi pegar o avião de volta, quebrar o contrato e seguir a vida, medíocre, sem problemas, voltar àquela existência artística e tranquila de Paris; uma vida, enfim, muito humana. Não dei ouvidos aos meus instintos. Foi meu grande erro. Apenas quatro pessoas desceram daquele pequeno avião. Três comerciantes frios e tediosos de marcas multinacionais e um humilde pintor. O aeroporto, por assim dizer, estava deserto e desolado. Na pequena e decadente sala de espera, um casal de idosos, um homem caolho e curvado e uma senhora corpulenta e suada, segurava uma pequena placa onde estava escrito *Rastian Rowen* com uma caligrafia trêmula. A letra errada me incomodou. Meu pai sempre me perturbava com esse tipo de coisa e eu me lembrava dele. Aqueles velhos, além de decrépitos, eram terrivelmente tímidos e não olharam para mim nos primeiros minutos, respondendo às minhas perguntas com monossílabos. Sentei-me na traseira de uma van branca carregada com uns cestos de vime que normalmente continham algum tipo de fruta. O aroma doce, insuportável, impregnava todo o ambiente. O aroma e a longa e cansativa viagem fizeram com que o almoço que comi no aeroporto de Lisboa saísse da minha boca praticamente sem avisar. Ao retornar da minha parada forçada, os idosos mudaram radicalmente de atitude, tornando-se pessoas gentis e amigáveis. Não pararam de falar. Disseram-me que o senhor Hansen me visitaria assim que eu estivesse acomodado, e que eles se encarregariam de facilitar ao máximo a minha estadia na ilha. A estrada sinuosa que percorremos levava a uma casa de campo de onde podíamos ver, ao longe, a capital da pequena ilha e o cintilar de suas luzes, como se fosse um navio afundando na noite. Na porta por onde entrou a van pude ler, numa placa branca e vermelha, com diversas hortênsias horríveis desenhadas, o sonoro nome Villa Flor.

Meus companheiros abriram a *villa* e rapidamente me mostraram a casa, conversando o tempo todo como dois papagaios doentes. Havia quatro cômodos: um quarto ocupado, dois vazios e outro, o maior de todos, que, pela dimensão e localização — dava para a varanda e o lindo jardim —, alguém havia decidido que seria o meu ateliê, com um banheiro espaçoso e confortável e uma sala de estar muito ampla com cozinha americana. No centro do jardim havia uma piscina iluminada e diversas espreguiçadeiras. A casa era rodeada por uma pequena cerca amarela e gasta. Dá para entender que tudo parecia perfeito para mim. Após os anfitriões tagarelas me ensinarem algumas coisas práticas, finalmente foram embora, sem parar de falar, e fiquei sozinho naquela casa. Atravessei o silêncio. Deixei a mala no quarto e me dirigi ao jardim. Olhei as estrelas brilhando, distantes, lindas, e um arrepio percorreu meu corpo. Então fui para a cama e dormi profundamente até a manhã seguinte. Preparei um almoço fantástico que devorei na varanda. Eu estava de muito bom humor e parei para pensar no que fui fazer naquela ilha.

Criar é como construir um espelho no qual você nunca poderá se ver. É como ter um martelo para quebrar a realidade e então redesenhá-la. É como ter ora um martelo, ora um espelho, mas raramente os dois. Quando você tem os dois ao mesmo tempo, quando consegue, é porque acreditou verdadeiramente; é quando o fato artístico faz sentido. É assim que vejo o meu trabalho, ou, pelo menos, é assim que o percebo. Em cada quadro que pinto, deixo parte de mim, ou melhor, perco uma parte; algo que eu guardava dentro de mim. Estava absorto na piscina, pensando em dar um mergulho depois da suntuosa refeição, quando um telefone localizado em algum canto desconhecido da sala interrompeu meus pensamentos.

— Alô? — respondi ao encontrar o aparelho depois de alguns segundos, próximo a uma prateleira. — É o Bastian.

— É o Harry Hansen — disse uma voz fria, sem entonação. Parecia mais uma máquina. — Estou feliz que você esteja aqui. Que bom que veio — concluiu, sem mudar nem um pouco o tom.

— Oi, Harry. Também estou feliz aqui. Adorei a casa — consegui dizer antes que ele me cortasse com seu tom uniforme.

— Bastian. Está tudo pronto para você começar.

— Do que você gostaria, senhor Hansen? De uma paisagem? — consegui questionar antes de ser cortado novamente por aquela voz robótica.

— Só quero uma coisa de você — interveio ele. — Uma única pintura. Quero que você me faça um retrato.

— Ficarei encantado — respondi, embora desapontado por dentro, já que não era pintor de retratos. Eu estava mais interessado no mundo, nas paisagens que faziam meus olhos brilharem.

— Perfeito — continuou Harry Hansen do outro lado da linha. — Tem uma foto minha na mesa da sala. Você pode começar a trabalhar os esboços. Saudações e em breve, muito em breve, nos veremos.

Fiquei com o aparelho na mão esquerda e um croissant mordido na direita. Pela ampla janela, avistei algumas gaivotas cruzando o céu azul nevado. A vontade de começar a pintar era irritante, mas, preguiçosamente, e contra a minha vontade — ainda estava com fome —, fui da cozinha à mesa de vidro da sala. Havia um envelope e, dentro, uma fotografia. Na imagem, em um tom de preto e branco suave, um homem de meia-idade olhava para o observador com uma expressão indomada. Um ar melancólico e sombrio, um vislumbre de algo estranho que não se manifestava, flutuava sobre a imagem. Um intenso sentimento de rejeição e uma impressão obscena e afrontosa me atingiram e, com um movimento rápido, parei de olhar. Ali, de pé, contemplei as nuvens passando por um canto do vidro. Voltei à foto depois de alguns segundos, procurando aquilo que não deveria estar ali, aquele mistério inconcebível que, por um momento, acreditei ver. Larguei-a e, por um instante, passou pela minha cabeça abandonar o projeto. Algo não me agradava. Mas errei novamente e continuei desabando.

Decidi não me preocupar naquele momento. Daria início à pintura. Eu entenderia, captaria Hansen mais tarde. Isso é existir. Esperar. Sempre aquela mesma ideia, aquela ideia repetida ao longo da vida. Você diz a si mesmo: *você entenderá a vida, seus mecanismos, quando for mais velho; saberá o que é a vida, vai entendê-la com o passar dos anos. Terei tempo depois para me dedicar a isso, para entender a vida. Terei tempo para pintar mais tarde.* E foi o que eu fiz.

Durante alguns dias, eu me diverti, percorrendo a ilha e bebendo o estranho e poderoso vinho lá produzido, temperado com outros elixires e poções contra a mente e a saúde. Os dias eram quentes e agradáveis, e sempre fui uma pessoa que gostava de se divertir. Hansen me forneceu um meio de transporte, um modelo antigo dos anos oitenta, um BMW verde-pistache, com centenas de milhares de quilômetros percorridos e capô danificado. O rádio não funcionava e, preso ao aparelho, havia algo estranho e quase impossível: uma fita cassete que continha a segunda sinfonia de Mahler, que, naqueles dias, eu ouvia sem parar, como um labirinto sonoro, e que ainda ressoa, como um refrão infernal, na minha cabeça.

Parece que foi um sonho, um sonho inalcançável em que a minha vida, toda a minha vida, se diluiu e escoou por um ralo que não levava a lugar nenhum. Pode ser, e é uma teoria plausível, que não passemos de memórias inventadas; nada aconteceu, nem mesmo o primeiro encontro com Harry Hansen, nem mesmo a chegada à ilha. As coisas, os momentos, são a respiração de quem dorme; mas lá estão eles, queimando como o horizonte inatingível, como borboletas e fogo.

Uma noite, no quinto ou sexto dia desde a minha chegada, enquanto a luz desenhava formas densas na casa e eu, naquele silêncio mágico que antecede a noite, sentia como a realidade se despia de suas vestes, percebi que não estava sozinho. Percorri os vários cômodos, na penumbra revisei os móveis sombrios, os recantos silenciosos e estranhos daquela casa. Saí para o jardim e notei que flutuava no ar um almíscar de luz morta, de jasmim, de salitre, de oceano, de uma noite recém-nascida. Um som, um leve assobio, como o de um pássaro moribundo, indicou onde estava o visitante que me perseguia: debaixo de uma pequena amendoeira, descansando numa espreguiçadeira. Como uma entidade perversa, como um ser malicioso, lá estava o misterioso Harry Hansen, olhando para mim com os olhos brilhando na escuridão incipiente, sorrindo como uma criança inocente, com um cigarro sem filtro pendurado nos lábios grossos. Uma voz, profunda e rouca, mas estranhamente distante, correu como um cavalo em chamas pela cena serena do jardim.

— Boa noite, senhor Bowen, como está se sentindo?

— Bem — respondi, irritado com a invasão da minha privacidade. — O que você está fazendo aqui, Hansen?

— Você tem de começar o retrato. Imediatamente — disse ele, de forma lacônica, enquanto se levantava e caminhava depressa em direção à casa. — Agora mesmo — insistiu.

— Não é um bom momento — consegui responder enquanto o seguia.

— Devemos começar agora, hoje, neste exato momento. Vamos para um dos quartos vazios. Pegue suas coisas, Bowen. Rápido. Para um quarto vazio.

— Posso fazer um primeiro estudo do seu rosto em qualquer lugar — respondi, parando na sala e querendo ocupar as confortáveis poltronas.

Harry Hansen me olhou surpreso e disse, quase gritando:

— Precisa ser num quarto vazio, você já sabe; o espaço deve ser como você, como eu, vazio. Será um retrato único. Você, senhor Bowen, pintará o vazio, o nada que contemos. Vai pintar meu nada, o vazio que habita em mim.

Essa declaração estranha e absurda fez minha pele se arrepiar. Normalmente, o que se sugere é mais terrível do que o que se diz. Isto é arte, literatura: sugerir, dizer sem mostrar. Subimos, um após o outro, agora em silêncio, até um dos quartos, o maior, sentido sul.

Ali, Harry Hansen ficou no centro e, sem dizer uma palavra, fixou os olhos em mim com firmeza expressiva. Sentei-me e comecei a desenhar, com traço rápido, no centro da página em branco. Pensei em fazer diversos estudos anatômicos, observando como funcionava seu rosto, como seus traços ganhavam vida. Ele estava no meio da sala, com as mãos nos bolsos da calça. Sob a luz pálida e esbranquiçada da velha lâmpada, enquanto a noite se derramava da janela sobre aquelas feições singulares, olhei atenta e verdadeiramente, pela primeira vez, para Harry Hansen.

A impressão inicial foi difusa, como se fosse alguém visto em um sonho. De constituição mediana e traços angulosos, mas suaves, um gesto de infinita tristeza brilhava nos leves movimentos de seus cílios. Cabelo preto, liso e brilhoso. Uma pequena cicatriz na maçã esquerda do rosto descia quase imperceptivelmente até a pequena covinha que era visível em seu meio sorriso. Parecia uma efígie congelada, uma escultura melancólica banida sob a claridade plúmbea das luzes de neon. De vez em quando, um leve gesto de vida pulsava: uma mão coçando suavemente o queixo ou os lábios grossos se abrindo um pouco. Os olhos, verdes como um prado ao amanhecer, dominavam seu semblante. Nada se interpunha entre Hansen e meu grafite; apenas um vazio que precisava ser atravessado. Estava acostumado a observar, a transferir minhas impressões da paisagem para o meu olhar, do meu olhar para o papel, mas havia algo errado no processo. Algo estranho estava acontecendo. Quando olhava para o papel, não conseguia me lembrar de suas feições, como se fosse um homem de fumaça em uma cidade de neblina. Suas feições pareciam desorientar meu olhar. Mais do que sua fisionomia, era a ideia geral, o emblema, a simbologia oculta daquele homem que eu não conseguia captar. Os esboços estavam incompletos, sem vida. Essa falha gradual nas linhas que desenhei me envolveu com uma efervescência selvagem, levando-me a um paroxismo que oscilava entre o frenesi e a decepção. Meus registros eram rápidos, determinados, entusiasmados, mas inevitavelmente errados. Nem uma única linha foi útil. O oceano não estava longe, e as ondas quebravam incessantemente no quarto, sonhando uma melodia complexa e ancestral, a espuma nevada, a consistência de ontem, desvanecendo-se na rocha, uma canção que devorava, que consumia, que naufragava.

As horas passavam; o tempo, substância inefável que nos devora, às vezes morde rápido, outras, muito devagar. A noite passou como um rio silencioso, selvagem e tempestuoso, como quem caminha por uma interminável rua de espelhos; num determinado momento, porém, aquela sessão peculiar terminou. Harry Hansen, sem dizer nada, com a mesma expressão de indiferença no rosto, saiu da sala; mas eu fiquei ali — isso é o terrível, o absurdo — desenhando, concentrando-me no lugar onde Hansen estivera; durante horas, febril, desesperado, desenhando rostos sem rosto, traçando vazios. Exausto, ao amanhecer, desabei na cama, e um sonho branco e perfeito me envolveu, enquanto as ondas continuavam batendo contra a pequena ilha, corroendo sua resistência, lutando contra ela, derrotando-a, lutando contra mim.

O esquecimento nada mais é do que um desejo. Bate furtivamente dentro de nós, enquanto tecemos nossas lembranças da infância, os caminhos que nos levarão a quem somos. Observe o esquecimento, criatura imensa e bela, a deriva quimérica dos nossos propósitos, como quem observa a chuva cair. O esquecimento nada mais é do que um sonho. Naquela manhã, ao acordar, enquanto contemplava o mar que fingia ser céu, comecei a me desfazer de tudo. Comecei a despir as memórias mais íntimas, os pensamentos vibrantes das noites solitárias, das noites sem dormir, joguei fora as formas difusas dos meus brinquedos de criança, as carícias suaves da minha mãe, as despedidas, as origens, disse adeus aos momentos mais doces e às piores lembranças. Joguei para o céu o que guardava nos baús internos, para aquele céu azul maravilhoso de Mirau. As nuvens atravessavam como navios a pureza imaculada de um firmamento sereno. Só aquelas pequenas ilhas nevadas, aqueles minúsculos arquipélagos de consistência branca e macia, me acompanharam na viagem do desaparecimento, da ausência mais absoluta. Lentamente, desde aquela manhã, fui me dissolvendo em pedaços como a doce nuvem, lenta, mas incessantemente. A consistência da minha identidade é apenas vertigem, a incoerência de um conceito físico; a distância, a ansiedade, a imensidão do naufrágio.

Desenhar um rosto é simples; não é complicado desenhar nariz, olhos, um rosto. Desenhar é fácil, o difícil é dar vida a esses traços, roubar alguma coisa, esse mistério que nos torna homens, da profundidade, da intimidade do modelo. Captar um mundo interior no gesto só é possível se o modelo tiver um mundo interior. Se houver apenas o vazio, o desenho, o esforço, será em vão, pois o retrato nada mais será do que uma sucessão aterrorizante de traços, cores, talvez construções atômicas semelhantes, mas nunca um reflexo da personalidade e das interioridades daquele com quem lidamos.

Os caminhos do tempo são cinzentos. Quase não me restam lembranças, como se tivesse caído em um poço e só conseguisse ver o que brilhava, aquele pequeno feixe de realidade lá em cima. Naqueles dias, tentei lembrar a essência de quem me contratou e, como um martelo que acredita que tudo a seu redor é um prego, não hesitei em acertar, com tudo o que tinha, qualquer fantasma em minha mente, aquelas ideias difusas que sustentam o pensamento, tentando entender um mistério que ainda não sabia qual era. Eu havia olhado para aquele homem, para aquele mistério, e ali, quando olhei para dentro, não vi muito. Apenas uma realidade branca, as circunstâncias pálidas que cercavam uma verdade desconhecida. *Quem diabos era Harry Hansen?* O trabalho, aquela tarefa pictórica, tornou-se para mim uma obsessão perigosa. Eu tinha de saber o que ele escondia em suas profundezas, o que ocultava, quem ele era. Eu precisava saber. Durante aqueles primeiros dias da minha desintegração, não consegui descobrir muita coisa sobre meu anfitrião. Na cidade, pouco ou nada se sabia dele. A bibliotecária, uma senhora obesa e de voz alta, me contou que lia muito e falava pouco.

— Um cavalheiro formal — garantiu.

Comecei a segui-lo. Suas estranhas maneiras de se mover pela realidade, como alguém que não caminha para lugar nenhum, me intrigaram e preocuparam. Fui muito cuidadoso durante minha vigilância, como um investigador habilidoso. Vou tentar explicar meu método. Inicialmente, saiba que a casa de Hansen não ficava longe de Villa

Flor, minha residência temporária. Então me escondia na floresta e esperava meu anfitrião emergir. Eu o seguia quando ele ia passear perto das falésias, via-o andar, parar, contemplar o céu. Caminhava poucos metros atrás dele quando ia até a pequena cidade, quando andava pelas suas ruas antigas, com ar de quem está perdido, mas que não liga para nada. Ele parecia olhar as coisas com atenção, mas sem nenhum interesse. Observava, por exemplo, um papel que o vento movia e a leve oscilação do mar no porto. Eu o vi observar a vida com atenção, mas quase sem envolvimento, sem emoção. Ele era um ser humano alheio a tudo ao redor. Sua forma de estar no mundo, sua forma de viver, era, por vezes, grotesca e terrível. Só o vi emergir daquele caminho cinzento que parecia ser sua vida em algumas ocasiões. Quando parou e ergueu os olhos para o céu, para uma nuvem, e o seu rosto, imperturbável, sempre impassível, num momento de observação sem motivo, contorceu-se, transformou-se numa máscara de dor e angústia, numa horrível careta de desolação e tristeza. Ali, por um momento — enquanto o mundo continuava a girar, enquanto o resto dos homens, aqueles outros que nos cruzam, e o universo, a vida tão bela quanto complexa, continuavam a viver —, o pobre Harry Hansen continuava sentindo, horrível e completamente, a falta de sentido da existência. O essencial é indizível, mas pode ser traçado, desenhado, sentido através da arte, da poesia, da pura expressão. Era isso que ele queria, o que procurava em mim. Que eu chegasse lá, naquele lugar amaldiçoado onde nem ele poderia chegar. Então eu soube, sabia o que estava acontecendo comigo. Eu tinha de ser como ele, esvaziar-me para poder me sentir como ele. Por isso vim. Por isso estou aqui.

Como explicar o que aconteceu comigo nos dias seguintes?! A mudança, a transformação. A peregrinação desorientada. O vazio de todos os espaços, de todos os meus sentimentos, de todas as memórias, de tudo o que foi, do que era, do que seria. Caminhei atrás dele ao longo da costa, com cautela, meia centena de metros, e tive a sensação atroz de seguir um espelho, isto é, de me seguir. Estava tentando resistir, escapar daquele abismo, daquele imenso nada que devorava tudo, tudo até que só restasse eu e Harry. O desespero não tem forma; não tem grafia, não contém raciocínio; é implacável e insaciável. Estava entre suas mandíbulas. Faltava apenas me morder, me despedaçar, fragmentos da minha vida entre suas presas; só restava esperar que ele me devorasse.

Não comia, quase não dormia, não descansava. A obsessão por pintar o retrato de Harry Hansen tomava todo o meu tempo, dia e noite. Dediquei-me inteiramente a ele, ao maldito retrato de um homem num quarto vazio. Ao retrato, embora eu ainda não o soubesse, de todos os homens, de cada um de nós. Sem cessar, os esboços saíam das minhas mãos, da minha mente; desenhava com obstinação seus traços, corrigindo-os incessantemente; desenhava o queixo, as orelhas, o formato de sua cabeça, emendava-os e delineava-os, por tempo indeterminado. Desenhava o olhar, o maldito olhar e não o encontrava; corrigia, criava e corrigia de novo. Não estava em mim. Febril, atormentado, recomeçava, como um homem que só cai, que só sabe cair.

Uma noite, exausto, derrotado pela situação, resolvi dar um passeio sob as estrelas. Saí da Villa Flor pela porta que dava para o mar. Uma brisa fresca envolvia o ambiente selvagem. Ao longe, como fogo, as ondas fervilhavam e o oceano estava escuro. Olhei para o céu, para as estrelas. Como estavam lindas! Brilhavam, alheias aos problemas do mundo, às emoções de milhões de pessoas, alheias a mim, a minha pequena angústia. Brilhavam lá no alto, observando lentamente, perdendo seu brilho na imensa escuridão. A vista era linda. Deitei sobre a grama fresca de uma colina. Desde criança era fascinado pelo céu, gostava de fitar estrelas, seu brilho distante. Eu havia mudado, mas eu, Bastian Bowen, aquele que sonhava ser homem, continuava fitando aqueles brilhos com precisão minuciosa, sem nunca os compreender. A noite serena e o silêncio rangiam sob o peso dos meus pensamentos, sob a brisa suave que vinha do mar.

Comecei a chorar. Deixei as lágrimas rolarem. Resolvi continuar minha caminhada e me levantei. Senti, mais do que vi, um leve movimento entre algumas árvores próximas. Olhei para a escuridão, que olhou para mim. Continuei avançando, com a sensação cada vez mais intensa de que alguém estava seguindo meus passos. Eu me virei e ali, a cerca de vinte metros, atrás de uma árvore, pude ver Harry Hansen. Então o chamei.

— Sai daí, Harry. Eu sei que é você. — Minha voz soava vazia, assustada, e um momento depois a brisa a levou embora.

O maldito Hansen emergiu lentamente de seu esconderijo precário. Acenou para mim. Com tranquilidade, ele se aproximou. Olhei na cara dele. Seguíamos um ao outro. *Droga, maldito seja!* Seu rosto estava calmo. Não havia vergonha, culpa ou remorso. Não havia dúvidas. Eu estava chateado; ele certamente me viu fitar as estrelas e chorar, então o repreendi:

— O que diabos você quer de mim?

— Estamos perto, Bowen. Muito perto.

— Como assim? Nunca estive tão longe de nada na minha vida toda.

— Você está errado, Bowen. Deixou alguns de seus fardos para trás, mas ainda lhe faltam os mais importantes para alcançar uma existência nua, um tempo e um lugar onde compreenderá a essência, não só minha, mas da humanidade.

— Eu n... não entendo — gaguejei, nervoso. — Sou apenas um pintor... apenas um retrato.

— Sabe, acumulamos experiências, amizades, amores, fazemos viagens, compramos coisas... e tudo isso não nos serve de nada. O universo, aquelas estrelas que você contemplou há pouco, essa realidade indiferente contra a qual lutamos em vão, continuará se movendo e sendo, mesmo sem nós, aquela inatingibilidade absoluta. Naquele momento íntimo e final, igual ao primeiro, igual a todos os vividos, seremos como sempre fomos, sozinhos diante do instante, sozinhos no quarto vazio.

Não queria ouvir sua voz atonal, na qual brilhavam aquelas malditas verdades. Senti-me tonto. Estava enjoado; uma sensação estranha me dominou. A noite parecia parada. Ao longe, as ondas continuavam batendo contra a pedra. Estávamos a poucos metros um do outro. Concentrei-me em seus olhos, tentando parar a minha deriva, procurando um ponto de apoio, aqueles olhos tão humanos, terríveis e enlouquecedores, nos quais queria vislumbrar empatia, pena de mim, mas nos quais só encontrei pureza austera, existência nua, a consciência incessante do nada.

Uma fúria cega e selvagem me invadiu, irrompendo até chegar ao exterior. Todo o abandono e desgosto, a falta de comunicação, a incompreensão, todos os sonhos impossíveis, toda essa solidão, emergiram como um uivo brutal e feroz. Harry Hansen sorriu tristemente. A frustração, a aflição que carreguei ao longo da minha vida, despejei nele, em mim. Eu estava chorando e rindo ao mesmo tempo. Eu o mataria, era para isso que estava ali. Foram apenas alguns momentos: minhas mãos, a noite, seu rosto, uma pedra, seus olhos, um golpe, o sangue, mais dois, três, quatro, seus olhos, minha vida, sua morte. Depois, ali, sob as estrelas, esvaziei-me completamente.

Uma tranquilidade imensa me dominou. Eu sabia, e era o suficiente. Voltei para Villa Flor e comecei a trabalhar no retrato, no quadro que vim pintar. Estava em mim e só faltava transferi-lo para a tela. Finalmente, tudo fez sentido. Os pincéis, os traços, as formas, as cores, o ângulo. Pintei durante a noite inteira e a manhã seguinte. Ao meio-dia, o casal do serviço doméstico me viu e gritou de terror. Isso não importava. Já estava finalizado. O retrato era perfeito. Havia pintado Harry, mas também a mim. Havia pintado a tragédia humana. A luz, o quarto e eu. O resto, tudo mais, não tinha importância.

O ECO

A vertigem sombria que senti ao ler *O quarto vazio* era complexa e selvagem; era a doce carícia do abismo, uma sensação sombria e enjoativa alimentando-se dentro de mim, como uma fera com fome infinita que finalmente encontra sua presa. As palavras contidas no livro de Harry Hansen reverberaram dentro de mim como um eco amaldiçoado, um eco profundo, e se misturaram com a realidade, devorando minha percepção de existência. Na noite anterior, eu havia visto a tela pintada por Bastian Bowen. Aquela pintura a óleo enlouquecedora, aquele homem no quarto vazio, aquela sensação de desamparo que a pintura exalava. Dessa impressão poderosa deve ter surgido o feitiço; esse sentimento avassalador surgiu da conjunção das duas atividades intelectuais. Parecia que devorava tudo, que não sobrava nada. Seria compreensível que um livro com essas características junto à minha personalidade e à série de acontecimentos dos últimos dias me irritassem, mas não ao extremo a que cheguei. Havia outra coisa. O eco cresceu como um pequeno riacho correndo em direção a uma cachoeira. Era impossível negar a série de semelhanças entre o personagem do livro e eu, a chegada idêntica à ilha, as mesmas sensações e paisagens. Ele até tinha o mesmo maldito carro, com a mesma fita musical emperrada. Parecia uma piada, uma piada macabra. Eu queria entender, descobrir do que se tratava. E reconsiderei. Devo admitir que o medo da situação singular tomou conta de meus músculos. Fiquei isolado da minha família, abandonei meu vício em redes sociais; nos últimos dias, havia abdicado de meus costumes. Era um estranho diante de um espelho.

AS PALAVRAS CONTIDAS NO
LIVRO DE HARRY HANSEN
REVERBERARAM DENTRO DE MIM
COMO UM ECO AMALDIÇOADO,
UM ECO PROFUNDO...

E SE MISTURARAM
COM A REALIDADE,
DEVORANDO MINHA
PERCEPÇÃO DE EXISTÊNCIA.

Tive de entender isso. Aquele texto nefasto era uma edição antiga e muito desgastada. Seria uma piada muito elaborada pensar que foi escrito para mim. Mas primeiro: quem escreveu o livro? Quem foi realmente seu autor? Harry ou Bastian? Na capa, em grandes letras maiúsculas, estava Harry Hansen, mas eu havia visto a pintura assinada por Bastian Bowen na noite anterior. Qual dos dois existia? Clovis comentou que Hansen morava na ilha antes de ele chegar. Portanto, aquele que era real, ou, pelo menos, aquele que tinha existência corpórea, era Hansen. Muito provavelmente, Harry teria usado um pseudônimo para assinar a pintura a óleo e seu nome verdadeiro para o livro. Havia outra possibilidade, assustadora, claro: a de que Bastian Bowen, depois de matá-lo, tivesse adotado a posição e a personalidade de Harry Hansen, sendo ele, e somente ele, quem escreveu sobre o crime e pintou o terrível quadro.

Talvez o mais assustador de tudo isso fosse que eu estava envolvido e sabia com certeza que não poderia mais escapar. Era como se as paredes daquele quarto, do meu quarto, se estreitassem gradualmente; como se minha acomodação, em que estava minha vida, fosse se esvaziando devagar, como se fosse despida, como se as cortinas estivessem caindo, os acontecimentos, acabando, e aquela pantomima de existência que eu levava até então não servia para nada. Marcus Molema estava desaparecendo. A máscara havia caído, e eu não sabia de que lugar, momento ou raio veio o estalo, onde nasceu o uivo silencioso que ressoou como um eco enigmático em minha cabeça. Deveria ter jogado o livro fora, deveria ter fugido, mesmo sendo tarde demais, deveria ter saído da ilha quando li o livro pela primeira vez. Mas reli mais duas vezes nas horas seguintes. Cada trabalho, cada ação humana, gera uma reação. Às vezes, os mais potentes geram ecos, reverberações maiores que mudam, transformam: a essência do livro. Seu eco foi muito poderoso, assim como a pintura que estava no museu, aquela pintura tecnicamente simples, mas com uma força expressiva que era terrível demais. Tudo parecia estar unido. Clovis, sua coleção de arte, sua biblioteca, o maldito livro, Harry Hansen, o pintor Bowen e até eu parecíamos estar naquele labirinto sinistro, mas eu não conseguia entender. Muitas coisas ficaram no ar. Acendi um cigarro e fui à varanda. A brisa fez as cortinas dançarem levemente. O mundo estava lá. Como não havia mais álcool no quarto, decidi ir buscá-lo. A noite clara e os gritos das crianças brincando nas ruas da cidade me convidaram a dar um passeio. Vesti-me com calma e deixei minha mente vagar por outros caminhos, em busca de um bálsamo redentor para aquela sensação misteriosa, para aquela tristeza que voltava para mim a cada momento como se fosse uma onda e eu, a rocha. Desci as escadas e saí do hotel com alguma alegria, sem perceber que, por algum motivo, e obedecendo às leis de um magnetismo atroz, havia tirado o livro da mesinha de cabeceira e o carregava na mão.

UM CANTO DO LABIRINTO

O cheiro do mar, a noite quente, a indiferença de quem por ali caminhava, as brincadeiras inúteis das crianças, o cheiro da comida que vinha das tabernas. Esse vão cotidiano me fez recuperar a serenidade e, de certa forma, o bom humor. Meus passos, lentos e indecisos em um primeiro momento, ganharam força e me levaram às ruas da cidade. Os caminhos que desenhei em minha vida me levaram a uma pequena praça, a uma pequena varanda. A agitação do porto chegava até ali e os sons abafados da vida daquelas pessoas me confortavam. Sentei-me e pedi uma garrafa de vinho branco e um peixe assado ao garçom. Acendi um cigarro e pensei na minha mulher, na minha vida no continente; parecia um sonho, algo que pertencia ao passado e para o qual eu nunca mais voltaria. Eu havia colocado o livro no bolso da jaqueta, que, por sua vez, estava dobrada na cadeira ao lado. Trouxeram o peixe e me entreguei a ele com dedicação. Achei muito gostoso, talvez porque não tivesse comido o dia todo, imerso apenas nas palavras, e a comida me fez bem. Então, depois de consumir meio prato, um grupo falante de clientes chegou à varanda. Reconheci vários deles. Eram pessoas a quem fui apresentado no dia anterior e com quem troquei algumas palavras. Como está estranho o tempo! Quão única é a substância de que somos feitos! Parecia que anos, pesados séculos, haviam se passado desde que eu os vira. Para eles, talvez o dia, a sua vida, tenha seguido um curso calmo. Para mim, tudo havia congelado durante a leitura obsessiva do livro de Hansen. Sentaram-se ao lado da minha mesa. Um pintor da ilha, sem dúvida medíocre, e cujo nome não lembro, cumprimentou-me calorosamente e convidou-me para acompanhá-los. Fios invisíveis me fizeram aceitar a oferta, possivelmente conduzidos por um magnetismo sombrio. Todos falavam ao mesmo tempo, tentando impor a conversa ao interlocutor. Fiquei em silêncio. Assistindo. Assim que me sentei com o grupo, dois deles chamaram minha atenção. Sem parecer rude, desviei o olhar para observá-los com calma. Era um casal que estava à minha frente. Ela era terrivelmente linda; uma criatura mágica que brilhava com luz própria. Era o tipo de mulher que só existe em revistas de moda ou em sonhos. Elegante, usava um vestido branco simples que realçava sua pele morena e brilhante. Linda demais para estar lá. Ela conversava com outra mulher, uma mais velha com um colar de pérolas, que estava sentada ao seu lado, mas sua atenção, toda a sua atenção, estava voltada para seu companheiro, o homem que estava ao seu lado. De vez em quando, discretamente, lhe lançava um olhar arrebatador. O homem a quem a beldade dedicava sua atenção era cerca de vinte anos mais velho que ela e vestia um terno cáqui. Tinha boa forma, uma mandíbula masculina, cabelos grisalhos e olhos azuis intensos como aço. Ele sorria e conversava alegremente com o diretor do museu sobre algumas das pinturas que Clovis havia doado à cidade e à ilha. Um arrepio percorreu minha espinha. Eu já sabia quem ele era antes de o pintor que me convidou o chamar pelo nome para me apresentar.

Não conhecemos as fontes, os mecanismos ocultos e misteriosos da vida, não sabemos como se organizam os caminhos que nos levam de um lugar a outro, de onde vêm as derivas que nos fazem colidir uns com os outros como navios que se preparam para o naufrágio.

Harry Hansen se levantou e, do outro lado da mesa, estendeu a mão para mim. Duvidei de suas intenções por um momento e então me levantei, com a jaqueta nos braços, e apertei sua mão. Pusemos força naquele cumprimento. Sua pele era áspera como a de quem trabalha na terra. Olhamos um para o outro. Seus olhos emitiam um brilho que não consegui identificar. Ele então continuou com sua palestra animada, exibindo em suas palavras algo obscuro; uma substância que, gradual, mas inexoravelmente, devorava o que estava próximo a ela. Fiquei absorto, bloqueado, observando como ele falava, sem conseguir captar o sentido da conversa. Bebi tudo o que foi colocado diante de mim e fingi estar interessado na conversa tediosa que acontecia ao meu redor, mas apenas aparentei prestar atenção, pois só tinha olhos para ele, aquele homem que morava em um quarto vazio. Um quarto que vislumbrei por alguns instantes e que, como um reflexo extático, iluminou também o meu quarto, minha própria acomodação, aquele espaço íntimo, único, vazio, nu, deserto, onde está aquele gesto próprio e singular com que nascemos e que escondemos durante nossa existência, para recuperá-lo quando a morte nos atingir. Apenas conseguia olhar para aquele ser estranho e sua bela e cativante companheira, que escondia naqueles misteriosos olhos verdes um fogo no qual provavelmente muitos homens haviam se queimado. De vez em quando, seu olhar pousava em mim com força sugestiva. As âncoras da minha vida passada romperam as correntes; os navios que brilhavam na tempestade já preparavam seu naufrágio. Os participantes daquela reunião peculiar a abandonaram aos poucos. Eles se despediram, sorriram e foram embora. Sorri para eles também e apertei suas mãos, segurando o livro que Harry Hansen havia escrito. Apesar de ter certeza de que Harry o viu, ele em nenhum momento disse uma única palavra, mostrou surpresa ou deu sinais de que aquilo chamara sua atenção. Finalmente, apenas sua parceira, Harry e eu ficamos à mesa. Queria falar com ele, perguntar-lhe sobre o livro, as coincidências, a profundidade das suas palavras. Queria saber sobre Molema, sobre a verdadeira história daquela pintura misteriosa e inimitável, daquele livro terrível e maldito; ansiava saber, descobrir o que estava me devorando. Deixei o exemplar sobre a mesa. Ninguém olhou para ele. Ninguém. Tantas coisas na minha cabeça, mas só consegui externar, com a voz fraca:

— Diga-me, Hansen, estou ouvindo.

Hansen me olhou de uma forma estranha, bebeu o último gole de sua taça de vinho e, com profunda tristeza e calma, disse, enquanto a companheira não tirava os olhos dele:

— Não consigo entender você. Agora temos de sair, terá de nos dar licença, senhor — concluiu, enquanto começava a se levantar.

Eu não aguentei; algo explodiu dentro de mim. Eu explodi. Um vulcão, um fogo sem peso tentando atingir o céu e a terra ao mesmo tempo. Uma ideia sem serventia; uma palavra inútil detonando, explodindo. Só havia nós na cidade, na ilha, no mundo, e o momento irrompeu como um cavalo selvagem.

— Não, nem pensar! — gritei. — Eu lhe imploro, Hansen. Diga-me a verdade. Isto não é uma mera casualidade. Eu exijo. Quero saber sobre este maldito livro, esta porra de livro. Preciso saber, Hansen. Quem era Bowen? Onde ele está? O que aconteceu? Quero saber sobre a pintura, quero saber o que aconteceu entre vocês. Mas, acima de tudo, preciso... Preciso saber como me livrar deste sentimento. Eu preciso disso, você entende? Ajude-me, Hansen, conte-me tudo... — supliquei, enlouquecido. — Diga-me, diga-me, por que estou aqui? O que tenho a ver com essa história sórdida?

— Ah, é isso — disse ele, e continuou olhando para mim, imperturbável. Sua linda mulher também estava me observando. Então ele se levantou e, sem fixar os olhos em mim, continuou dizendo: — Você entendeu, é só isso, senhor. Perdão, qual é mesmo o seu nome?

— Molema, Marcus Molema — respondi, com raiva. — Isso não me ajuda, quero saber tudo.

— A palavra é inútil, senhor. Não podemos entender com tal ferramenta. É impossível. Só podemos perceber certas coisas. Restos de uma ideia incompleta, uma solução errada. Não posso ajudá-lo, sinto muito.

Não sei quais gatilhos foram ativados naquele momento, mas comecei a chorar inconsolavelmente, como nunca havia feito na vida. Ali, na frente daqueles estranhos, na frente do terrível Hansen, chorei desesperadamente, como uma criança perdida, como a criança que sabe que sempre estará perdida.

— Por favor, Hansen, eu lhe suplico — implorei em meio às lágrimas. — Me ajude.

Ele me observou. Durante alguns segundos, tudo parou; acho que o universo nos observava ali, na esplanada do porto da pequena e maldita ilha de Mirau.

— Você está muito perto, muito perto. Tem de dar os últimos passos sozinho. Bem, na verdade, como todos os que já deu. Muito perto, Molema. Só posso dizer que tecemos labirintos sonhando com uma saída que sabemos que não pode existir. Construímos casas, relacionamentos, futuros, moldamos vidas, sabendo que, no final, elas cairão como um castelo de cartas, e nós com elas. Não importa se nos escondemos atrás de livros, atrás de viagens. Eu, por exemplo, me escondi nesta ilha, esperando que o vazio, a falta de sentido, não me alcançasse. Não faz diferença se você viaja ou fica no mesmo lugar. No final, quando chegarmos lá, no momento em que chegará a faca íntima, quando enfrentaremos a fera infinita, tudo carecerá de sentido, de equilíbrio, e saberemos que sempre estivemos neste quarto, aguardando o inevitável. Sabe disso, você já sabia. Provavelmente é por isso que está aqui. Os caminhos que teci desde a infância me trouxeram até aqui, até agora. Sinto muito, amigo, mas o aconselho a tomar cuidado, porque tudo deixará de ter importância, e aí tudo vai queimar, vai explodir. E agora, meu amigo, só posso lhe desejar boa noite.

Ele se virou e saiu. Seus passos ecoaram na madrugada e suas palavras permanecem um eco terrível que queima; um veneno que tomo sem cessar. Não parava de chorar. Chorava inconsolavelmente, como a tempestade, como a chuva alheia. *Droga*, repeti para mim mesmo. O abismo me mastigou. De repente, percebi algo. A esposa de Hansen, aquela linda companheira, ainda estava sentada à minha frente. Ela me observava com curiosidade, como se estivesse contemplando algo estranho, algo que você só vê uma vez na vida. Quando sorriu para mim, eu parei de chorar. Ela se levantou e, com movimentos de pantera, aproximou-se de onde eu estava.

Pegou-me pela mão e, sem dizer uma palavra, me conduziu pelas ruas à noite até o hotel, até meu quarto, meu refúgio. As sombras da sala nos acolheram. Lentamente, ela se despiu e deslizou para a minha cama. A paixão desesperada que me consumiu naquela noite rompeu definitivamente as fronteiras que nunca havia atravessado, as correntes que me ligavam ao meu passado, ao meu presente, ao meu futuro; as regras foram destruídas, as normas que haviam me sustentado e que me uniam à sociedade, ao mundo e à minha vida. De madrugada, quando já tinha perdido tudo, em silêncio, aquela mulher sem nome, tão linda, tão perfeita quanto sombria e terrível, foi embora, deixando-me sozinho naquele quarto.

O QUARTO DE CLOVIS

Dormi o dia seguinte inteiro, atormentado por pesadelos e distúrbios labirínticos do sono. Acordei assustado ao cair da noite e tive vontade de fugir da ilha, da minha vida, daquele universo, da existência, mas sabia que era impossível, que eu não poderia. Uma avalanche de escuridão caiu sobre mim e tentei em vão me agarrar à névoa incessante que é a identidade, àquela substância nebulosa e mutável em estado de excitação febril. *O que diabos estava acontecendo comigo? Como havia sido tão afetado por aquela história? O que estava acontecendo?* O impossível tomava forma e, ao longe, eu via o que eu fora, meus gostos, meus pensamentos, minhas paixões mais sórdidas e minhas convicções se desvanecendo. Não poderia ser coincidência; tudo estava preparado, ajustado como um relógio suíço. Clovis e Hansen inventaram aquela história macabra com algum propósito sombrio que eu ainda desconhecia. Eles não conseguiriam o que queriam. Eu iria vencê-los. Com certeza iria. Ali estava a maneira de escapar daquele estranho labirinto, daquela ilha maligna. Eu me deleitei com essa possibilidade. Como ria! Ninguém poderia imaginar isso. Ali, no quarto de hotel, com a cama desfeita, a noite entrando e montando nela, eu gargalhava como um louco, incontrolavelmente. Eu ria alto, imaginando seu rosto. Ria de felicidade e desespero ao mesmo tempo, pois havia encontrado um jeito de vencer. Caí no chão rindo. Havia descoberto que isso só poderia ser uma armação, um projeto sujo e obsceno para me machucar, ou para se divertirem às minhas custas. O idiota do Clovis teceu, por algum motivo, talvez por minhas críticas, por inveja, por desejos ocultos, uma rede confusa, um jogo de espelhos em que caí como um patinho. Ele sabia que tudo estava pronto; tudo, nos mínimos detalhes, foi preparado com antecedência. Desde a minha chegada de avião até a recente noite de paixão e escuridão com a esposa de Hansen. *Maldito Clovis!* Desde o momento em que cheguei, o BMW e meus passeios foram vigiados; tudo foi medido como uma sinfonia sórdida e perversa. As pinturas, o museu, aqueles outros, o retrato fantástico do homem num quarto vazio pintado pelo tal Bowen, o livro sombrio assinado por Hansen, as semelhanças entre a minha vida e a do protagonista, aquela angústia vital que me dominou desde que o li, a noite que passei com a esposa de Hansen, era tudo mentira, tudo fazia parte daquele jogo, mas agora eu sabia. *Eu sei, Clovis. E agora você não pode mais me machucar.* Havia vencido o jogo. Sabia disso. Nada podia ser tão impossível, tão intenso e tão verdadeiro ao mesmo tempo. Aquilo não poderia acontecer comigo. Eu não era um homem mau. Era um ser humano que vivia como podia, talvez como todos os outros. Eu tinha de ver Clovis, esfregar minha vitória, meu grande triunfo, em sua cara feia; e então, na manhã seguinte, deixaria esta ilha para sempre. Deixaria o pesadelo, o arquipélago, para trás e voltaria ao sonho ideal que era minha vida. À minha existência linda e serena, cheia de questões, problemas, coisas, amigos, amor e vida.

Decidi tomar banho, mas, primeiro, liguei para a recepção e pedi que me trouxessem algo para comer. Meu humor melhorava a cada minuto. Imaginei-me sentado no avião que me levaria de volta ao continente, tomando um bom uísque com a serenidade que vem depois do combate, que vem depois da vitória, enquanto observava a ilha de Mirau, este arquipélago demoníaco, afastar-se. A camareira, uma menina triste, colocou um sanduíche e um copo de leite sobre a mesa. Comecei a cantarolar, a dançar suavemente ao som da música calorosa que vinha da rua, cheia de atmosfera e umidade. Parei naquela melodia e um mundo positivo surgiu das profundezas e me alcançou; coisas como minhas manhãs passadas, amor, dinheiro, arte, literatura, minha família.

Minha vida era boa. A sorte me tratou bem. Eu tinha tudo o que poderia querer. Uma vida. Lembrei das minhas filhas, dos seus sorrisos, da suavidade dos seus gestos, do olhar inocente no qual eu conseguia compreender meus passos. O sanduíche estava saboroso. Eu me sentia bem. Lembrei de jantares, de refeições em família com minhas filhas, de rir, de me sentir vivo. A memória despertou fontes em minhas fibras íntimas que me fortaleceram. O maldito Clovis não teria sucesso. Eu havia ganhado. Estava ganhando. Lembrei da minha esposa, dos seus lábios, das suas mãos brancas, nas quais eu poderia me refugiar, acreditando que nada importava, que ali, com ela, nada poderia me prejudicar, ninguém poderia nos prejudicar. Queria voltar àquele lugar, àquela casa da qual nunca deveria ter saído, ao meu quarto cheio de livros, quadros, roupas, objetos inúteis, mas meu. Queria voltar para minha casa cheia de espelhos e máscaras, para meu lar, meu mundo, para a vida maravilhosa que construí. Ninguém tinha o direito de tirar isso de mim. Essas lembranças me envolveram enquanto me vestia e descia para pegar o BMW. Deixei-me acariciar pela brisa quente, toquei com os dedos a noite que se revelou suave e cheia de promessas. Dirigi em direção à casa de Clovis. Isso poria fim àquele jogo macabro. A escuridão envolveu o carro em seu manto.

Repeti para mim mesmo, como um mantra benéfico e libertador, que a vida é mais que um lugar vazio, que o ser humano é mais que nada. Que os impedimentos que evitam que o nada, esse vazio que nos rodeia, nos alcance são válidos, são a única coisa eficaz na realidade. Eu poderia me agarrar a eles e, dessa forma, nenhum abismo, furioso ou lento, poderia me aprisionar. As convenções sociais, os acordos conjugais ou pessoais, a boa ou má educação com nossos semelhantes, as manhãs chatas, as tardes de domingo, os problemas fiscais, a política, o futebol, os amigos com quem se bebe, os filhos, os pais, a vida dos sonhos, os desejos ocultos ou públicos, os carros, a sopa de peixe, a arte, a literatura, comprar, vender, ter, contar o tempo que nos resta, a família, os outros, nós mesmos.

Eles, esses pensamentos, me sustentariam, me tirariam do abismo, encheriam meu quarto, que nunca mais ficaria vazio. Uma esperança branca e poderosa apareceu em minha mente. Na esperança há amor, alegria, luz e um desejo imenso e incontrolável de vida e de futuro.

Agora eu precisava me concentrar em Clovis, o organizador da pegadinha macabra. Eu não conseguia entender por que ele fez isso. Tinha certeza de que o próprio Hansen era uma invenção maligna de Clovis, de que era simplesmente um ator com um roteiro, uma atuação, um papel a cumprir. Pensei em como ele soaria ridículo quando eu o desmascarasse, com sua cara grotesca, tentando em vão pedir desculpas, pois acreditava que a piada, por assim dizer, tinha ido longe demais. Eu não poderia perdoá-lo e faria com que todos percebessem seu mau gosto e sua falta de empatia e educação. Ele iria se arrepender de ter traçado esse plano desagradável.

A casa de Clovis estava iluminada como um farol na noite, na tempestade. Ali estava a saída daquele labirinto, a apenas cinco minutos de distância. Desliguei o motor do veículo e tudo ficou em silêncio; um silêncio embalado pelo murmúrio incessante das ondas, pela voz profunda de um oceano que me observava, que acompanhava os meus passos na gravilha, que me sonhava, que me fazia e me desfazia. A porta entreaberta me convidou a entrar. A casa não tinha móveis. Alguém a esvaziara nos últimos dias. Fiquei irritado. O traidor havia organizado tudo. Chameio-o, gritei, expressando a minha raiva, expondo meus motivos ao eco silencioso.

— Clovis, onde você está? Não se esconda. Covarde, venha aqui. Eu já sei de tudo. Sei das suas mentiras — gritei enquanto caminhava pela espaçosa mansão. Meus passos ecoavam como perguntas entre as paredes daquela casa. Não havia nada, ninguém. Não havia nem poeira. Estava limpa, impecável. Uma pureza imaculada a envolvia. Achei que ele poderia ter ido embora, não estar em casa, mas as luzes estavam acesas, então chamei-o de novo, mais furiosamente do que antes: — Clovis, droga, onde você está?

Cheguei à sala e o encontrei. Na vasta sala, sem mobília ou pintura, estava ele, o misantropo, o colecionador de arte, aquele homem culto, aquele pobre homem, no chão, numa poça opalina de sangue. Nu; seu corpo, velho e desgastado, estava ligeiramente virado para o lado. Os olhos miravam o nada que já o devorava. Numa das mãos segurava um papel; na outra, uma pistola. Aproximei-me lentamente e peguei o papel de sua mão esquerda, tentando encontrar uma explicação, algumas últimas palavras, mas estava em branco; não havia nada lá. Talvez a brancura, a consistência alva da folha, tenha me impressionado mais do que o cadáver de Clovis, ou foi, pelo menos, o símbolo final que destruiu minhas ilusões. A náusea aumentou e corri para o jardim. Vomitei. Droga, eu estava perdido, completamente perdido.

A NÉVOA E AS MEMÓRIAS

O medo e o horror; a solidão, o quarto vazio. Aterrorizado e confuso, cambaleei para fora da casa bem iluminada de Clovis. Tropecei, levantei-me e caí novamente. Eu estava desmoronando. A vertigem da existência, a queda sem destino. Uma névoa espessa me cercou enquanto eu caminhava pelos penhascos. Somos a névoa em que nos perdemos. Acho que estava murmurando loucamente, mas não consigo lembrar com clareza. Não importa muito o que fiz. O desespero mais profundo se misturava à lembrança dos gritos alegres das crianças, aqueles que eu havia compartilhado há muito tempo num pátio qualquer de escola. Não sei por que tais lembranças dançaram naquela noite pelos corredores da casa, agora vazia para sempre. Acho que precisava abandoná-las para poder fazer o que fiz, para chegar à existência nua. Tive de jogar fora os emblemas, os lugares, as carícias, para ficar limpo, para me despojar de tudo. Sei que as experiências, as memórias, nos moldam, constroem parte de quem somos, mas não pelo que foram, pelo que vivemos na época, mas pelo que representam naquele momento para nós. Acho que ali, naquela noite, entre as falésias e o grasnado das gaivotas, esqueci como eu era, tudo o que me trouxe até aquele momento. Destruí os laços, os elos que me articulavam como homem, que me ligavam aos momentos passados, às memórias, às experiências, e dessa forma ao que teria sido. Destruí o passado, esqueci o presente, esvaziei o futuro. Agora são apenas imagens sem sentido, histórias que se escondem na minha memória, mas carecem de sentido, de emoção, da vida necessária para alcançar o resto de mim.

Ouvi o mar, ao longe, como o rumor de uma batalha distante. A histeria, o medo, o horror. Quando eu era criança, morava à beira-mar. Às vezes, quando a tempestade assolava a costa, meu pai me levava para ver as ondas em luta, a espuma e o rugido incessante daquele universo violento e em expansão. A forma imprecisa da superfície do oceano sempre gerou em mim um mal-estar, uma estranha angústia diante da figura imponente do mar. As ondas, os arautos escuros e furiosos daquela massa colossal, causavam-me, com seu violento embate contra a terra, a estranha sensação de estar imerso num naufrágio colossal. Sensação absoluta que duraria, se não fosse a presença do meu pai e suas palavras suaves, que pronunciava como se fossem um feitiço e que me faziam ver o oceano de uma forma diferente, o medo de uma forma diferente. Esqueci aquelas palavras mágicas, esqueci a minha maneira de ver o mar, mas o medo, a angústia e o horror permaneceram.

Um café e Clara sorrindo para mim. A luz do domingo banhando a manhã e o seu sorriso. Esqueci seu toque, sua voz, seu amor. Lembrei-me de um peixe laranja que alguém me deu, talvez meu avô, de como o bicho se virava no pequeno aquário, repetidas vezes, incessantemente. Girando como se estivesse perseguindo alguma coisa, mas sem saber que estava perseguindo a si mesmo. Eu estava pensando em sua prisão e uma ideia poderosa se instalou em mim. Precisava ajudá-lo a escapar. Minha mente infantil inventou uma rota de fuga para o peixe. Eu o jogaria no vaso sanitário. Assim poderia chegar ao mar e parar de girar inutilmente na jaula transparente. Ali, entre os arbustos, enquanto gritava, inconsolável, esqueci a dura sensação de vê-lo na água do vaso sanitário depois de esvaziar o aquário, antes de dar descarga, suspeitando que não era uma boa ideia. Lembrei-me dos cafés com leite de madrugada no silêncio da cozinha, olhando o dia. Os biscoitos, o gosto amargo do café, a luz branca no meio da noite.

Lembrei-me da atmosfera de uma tarde de verão, de uma campina e de correr, fugindo furioso do mundo. A grama alta roçando minhas pernas, as montanhas observando, as nuvens cruzando o céu azul, e minha infância anoitecendo, enquanto eu contemplava com tristeza infantil o fim do mundo. Ali, tropeçando, esqueci as frases decisivas que disse aos meus pais quando jantamos naquela noite e voltei menos criança.

Lembrei-me da arte, do visual; as pinturas, as especulações intelectuais. Lembrei-me dos livros, da literatura; as palavras inúteis, a poesia, os axiomas, as dúvidas. Lembrei-me do prazer, do conhecimento, e depois esqueci, rompi os laços que uniam meu cérebro; o pensamento abstrato foi substituído pela angústia, por um poderoso desespero vital.

Lembrei-me de Harry Hansen, de seu maldito livro, mas não conseguia esquecer que tinha de matá-lo. Essa tarefa, essa missão, guiou meus passos na noite trágica, na escuridão profunda, entre a névoa que vinha do mar e minhas lembranças.

Eu tinha de matar Hansen, fazê-lo pagar pela sua lucidez. Não havia outra solução. Todos os caminhos que tracei ao longo da minha vida, desde criança, as decisões que tomei, os momentos, se juntaram, levando àquele raio intenso em que finalmente acabaria com Harry Hansen. Molema havia feito isso, não sei se no sentido figurado, não sei se realmente. Acho que isso de fato não importava. Eu tinha de fazer isso, para que o círculo se fechasse, para que tivesse algum significado. Tinha de fazê-lo. Era a única saída daquele labirinto de um único quarto. Antes eu tinha de destruir o texto, o maldito livro que eu carregava, que levara comigo para devolver ao pobre Clovis, aquele livro que queimava, aquele volume terrível e destruidor. Olhei para um penhasco; as ondas quebravam nas rochas pontiagudas. Pensei em me atirar com o livro naquelas espadas. Seria a salvação, o sonho, o esquecimento para sempre, mas algo me impediu. Eu sabia que ainda precisava completar o círculo e, sem pensar mais, joguei o livro nas mandíbulas furiosas do oceano. A condição desesperadora do homem não mudaria, mas destruí-lo fez com que um lampejo de alegria brilhasse por um instante dentro de mim.

Um rangido, um peso escuro que eu carregava, desapareceu, e a clareza da madrugada aumentou a sensação. Depois, agora, talvez então, escrevo este livro que contém esse livro. A luz da madrugada filtrava-se entre os fragmentos de escuridão e os restos daquela névoa noturna meio sonhada, na qual meio que me perdi. Uma violência antiga e um desejo voraz guiaram meus passos. Sem saber, naquela noite de neblina e lembranças, dirigi-me, entre falésias e ruídos de naufrágios, para a casa de Hansen. Agora que aquela madrugada marcava a hora em que as espadas se chocariam no alto, eu podia sentir que a batalha que travava naquela noite vinha acontecendo desde que o primeiro homem, em seu quarto primitivo, disse a primeira palavra.

Lembrei-me, pela última vez, do rosto das minhas filhas. Da sensação dos livros. Do cheiro de café. De um bom assado. Eu me lembrei pela última vez dos lábios de Clara, dos seus lindos olhos verdes. Lembrei-me da felicidade, da alegria, da sensação de que a vida tem sentido, e então, para sempre, quebrei o que era, o pouco que restava de mim, deixando apenas a existência nua, sem espelhos, sem desculpas, sem palavras. Só eu, sem nada em que me agarrar; sozinho no naufrágio incessante, sem ilhas, sem navios, sem deriva, apenas a ansiedade e o naufrágio.

MORTE E SONO

Esperei a noite toda, toda a minha vida, eu sabia que Harry Hansen diria quando me visse. Não havia outra opção, nenhuma outra maneira de as coisas acontecerem. Ele sabia que eu o procurava. E eu sabia que o encontraria. Tudo aconteceu como num sonho em que se sonha um sonho. De repente, o som do mar, a névoa e a fervura escura das memórias desapareceram e uma lucidez assustadora, uma clareza indomável, emergiu de mim. Dei os últimos passos devagar, como se estivesse inseguro, como se estivesse com medo, mas acho que gostei daquele momento. A casa estava silenciosa, as coisas, os móveis, os hábitos, os assuntos íntimos ainda dormiam. Pulei a cerca amarela e caminhei entre roseiras, entre árvores frutíferas, sobre arbustos floridos acariciados pelo orvalho. Segui um caminho de pedras brancas espalhadas pela grama que me levou ao centro do jardim, onde estava Hansen. Meu inimigo, meu igual, estava sentado à mesa, com um cigarro, um copo e uma garrafa de uísque pela metade. Ele não ficou surpreso em me ver, também não percebi um gesto de boas-vindas. A mulher, aquela mulher fogosa, o acompanhava. Ela olhou para mim como se estivesse olhando para um poço e não soubesse sua profundidade. Levantou-se e entrou em casa. Acho que ela foi chamar a polícia. Isso não importava. Nada mais importava.

— Finalmente chegou. Esperei a noite toda, toda a minha vida, por este momento — começou o maldito Hansen.

— Clovis está morto. Ele cometeu suicídio — consegui dizer —, mas o culpado é você. Você, por escrever aquele maldito livro. Sua, a culpa é só sua.

— É um livro difícil e perigoso, admito, mas não é essa a razão. Clovis aprendeu a olhar; você também aprendeu. Você sabia, e sabe, que tudo é inútil.

— Maldito seja, Hansen. Cale-se. Eu vim para matá-lo. Vou acabar com você como acabou comigo.

— Não tenho medo da morte — sussurrou. — A morte e o sono são o único descanso… Prefiro viver, mas entendo. Acredite Molema, eu entendo você.

Uma imensa fúria subiu de minhas entranhas para minhas mãos. Um último obstáculo, um subterfúgio moral, deteve-me por um momento. *Não sou um assassino*, disse a mim mesmo. *Sou uma boa pessoa. Eu nunca machucaria ninguém*. E minha consciência tentou uma saída:

— Não, Hansen… você está errado… podemos sonhar… talvez possamos viver — gaguejei animadamente, procurando com desespero aquela saída, aquele caminho, mas era impossível e ele me interrompeu.

— Naturalmente, mas você sabe que o quarto está vazio, sempre esteve, sempre estará. O resto são mentiras, desculpas vãs, tentativas inúteis de compreensão, e nada, nada disso faz sentido…

Meu quarto, o quarto, minha vida virando um abismo. Todo o horror do mundo se reunindo naquele momento.

— Droga, não pode ser! — gritei. — Não pode ser!

E tudo se tornou um túnel, uma caverna escura, aquela sala primitiva onde os primeiros seres humanos nomearam as coisas pela primeira vez. Ali, seus olhos tão nus, tão profundos, os meus se perdendo no nada, e então sua voz...

— Sabe disso, Bowen, sempre soube disso. É por isso que está aqui, é por isso que veio me matar; é por isso que a faca brilha escura e íntima. É por isso que a sua vida, a minha vida, finalmente faz sentido.

Sobre a mesa, o brilho de uma faca larga; era vertigem chamando meu nome. Agi mecanicamente, enquanto olhava em seus olhos. Ele não fez nenhum movimento, apenas sorriu melancólico, com simpatia por mim. Em silêncio, eu me aproximei dele, que se levantou. Ficamos cara a cara, como se estivéssemos diante de um espelho. Ainda me pergunto quem matou quem. Acho que ambos. A violência e o ódio finalmente surgiram de tanta frustração acumulada, de me ver num labirinto de um único quarto, de toda uma vida cheia de solidão e incompreensão, desta existência que acreditamos compreender, possuir, mas na qual não somos mais que um nada imenso e obtuso. Foi rápido. Com um golpe, ele desabou. Corri até ele e o apunhalei com a faca, como se fosse um sonho, como se fosse irreal, repetidas vezes, como um raio que repete sem cessar seu caminho, e veio o sangue espesso, a morte, o sono. Bati nele até não sobrar mais nada, me esvaziando, sendo finalmente aquele nada que sempre procurei.

Levantei-me e caminhei até o mar. Eu não olhei para trás. Não havia nada atrás; nem mesmo à frente.

O nascer do sol é sempre igual, mas, naquela manhã, aquele nascer do sol monstruoso foi o mais perfeito que eu já vi na vida. Um despertar irrevogável, um acontecer colorido e lento, e eu ali, sem nada, sendo nada, observando como o universo funcionava, como tudo continuava seu curso, como os ciclos se sucediam apesar da minha negação, como o mundo não parava de girar sem Harry Hansen; giraria da mesma forma quando eu não estivesse mais lá. Foi profundamente lindo, terrível e doloroso ao mesmo tempo. Então sentei no chão e contemplei o amanhecer. O começo é um fim incessante; no final, outro ponto do círculo. Um infinito terminando a cada momento. Um quarto que, por mais que você corra ou tente enchê-lo, sempre estará vazio.

Já está feito. Já está dito. Agora vou terminar. Estou muito cansado. Demais. Esta é a história de por que matei Harry Hansen. É também a minha história, e a de Clovis, de Clara, das minhas filhas, de Bowen; é a da nossa espécie, a única que nos diz respeito. É, portanto, a sua história, também pertence a você, que está tão longe daqui e de agora; pois você, embora ainda não saiba, também está em um quarto vazio.

CONHEÇA TAMBÉM:

Estamos diante de um trabalho curioso. Não é um romance, nem um livro de contos, nem uma obra lírica; também não é uma tese. É tudo isso e mais um pouco. Uma inusitada série de vidas imaginárias de escritores iconoclastas e heterodoxos, em que o humor, uma imaginação transbordante e uma percepção poética do mundo se misturam com um sucesso sem igual.

Este livro foi impresso nas oficinas gráficas da Editora Vozes Ltda.,
Rua Frei Luís, 100 – Petrópolis, RJ.